赤子初心

何葆国 著

北京出版集团
北京十月文艺出版社

目录

序

“您好，110，请问您需要什么帮助？——”

当你面临危难需要帮助之际，无论何时何地，只要你拨打110这个电话，耳边便会响起关切、温暖的声音。

这不是电脑程序设置的话语，电话线那头是一名警察，你可能永远不知道他的姓名，但他就像亲人般听完你的描述，随即毫不犹豫地说，我们马上就到！

这充满力度的话音刚落，一个或者多个警队被迅速调度，警车以风驰电掣般的速度驶向现场……

这不是影视上“出警”的场景，而是普通百姓时常可以遇到的情形：刚刚打完110电话不久，警察就从天而降似的出现在你的面前。

110，这三个最简单数字的组合，演绎着警察与百姓之间最紧密的故事。这个耳熟能详的报警电话，早已成为老百姓心中的平安符，而“110”警察则是“人民的保护神”。

据说，20世纪80年代中期，初创报警电话时之所以定为110，是因为当时那种转盘拨号电话机，拨“1”时间是最短的，“0”则最长，先拨前头的两个“1”，然后让报警人冷静一下，再拨那个处于末尾的“0”，这样可以增加一些拨号时间，方便报警人调整心情，从而能够完整地叙述情况，防止遗漏重要信息。根据公开报道，1982年，广州市公安局开始尝试启用110来接受群众的电话报警。1984年，广州市公安局着手设计报警台的全市通用指挥、联络系统。1985年下半年，系统开始进入调试阶段，1986年1月10日，第一个110报警台正式建立。不过那个时候，这个号码被称为“匪警电话”或“盗警电话”，功能单一，似乎跟老百姓没什么相干。比如，福建省漳州市公安局芗城分局早在1985年5月1日就安装了110电话，但是直到1990年，总共才接警22起，平均一年不到5起。也正是在1990年的5月，春暖花开之际，也正是在这个南方小城，原来安装在刑警队的110盗警电话被迁移到治安巡逻中队，然后在8月1日正式开通110报警台，当年12月5日，110报警台改为110报警服务台，事情渐渐起了一些变化，谁也料想不到由此引发了一场“警务革命”——

有位诗人曾经写道：蚕在吐丝的时候，没想到会吐出一条丝绸之路。这个南方小城的“110”警察们也没有想到，他们首创快速反应机制，开维护治安与服务群众并重的先河，成为共和国公安工作发展史上的一个里程碑。1996年8月27日至29日，公安部在这个南方小城召开全国城市110报警服务台建设工作现场会。如此高规格的现场会，令“漳州110”一夜之间名扬大江南北，更重要的是，“漳州110模式”得到了高度的赞誉。公安部在现场会介绍并推广“漳州110”的先进经验，号召全国公安机关向“漳州110”学习，推动全国各地110报警服务台的规范化建设。

110，报警与服务，这种并驾齐驱的警务模式发端于漳州，“忽如一夜春风来，千树万树梨花开”，短短四个月内，全国大中城市全部开通110报警服务台。根据统计，1997年全国110接警总量95万起，2004年突破了1亿起，从此每年接警总量都在1亿起以上——在数字的后面，是广大人民警察数十载的忠诚职守，数十载的拼搏奋斗。如今，“110”已经成为人民警察的代名词，“110”也逐步发展成公安机关最闪亮的品牌。

2020年7月，经党中央批准、国务院批复，自2021年起，将每年1月10日设立为“中国人民警察节”。

这个光辉的节日为什么设在1月10日？

不言而喻，正是因为人民警察的标志性品牌“110”具有广泛的社会知晓度和极高的群众认可度。

2021年1月10日，共和国历史上第一个警察节，就在这个光荣而神圣的日子里，中共中央宣传部授予“漳州110”“时代楷模”称号。这是何等的荣光，又是多么骄傲的高光时刻——对“漳州110”这支不忘初心，赤忱为民，绝对忠诚、绝对纯洁、绝对可靠的警察队伍来说，是众望所归，实至名归。

早在1997年11月26日，国务院便授予“漳州110”“人民的110”荣誉称号，还有其他许多的荣誉和表彰，以及全社会的鲜花与掌声。这带给他们的是鞭策和责任，他们从未懈怠，与时俱进，一直行走在改革强警、锐意创新的路上。“时代楷模”——这是党和政府对这支队伍恰如其分的肯定与赞誉，他们当之无愧，作为忠实践行习近平总书记“对党忠诚、服务人民、执法公正、纪律严明”总要求的优秀公安基层单位代表，他们还是新时代人民美好幸福生活的守护者，是基层社会治理体系和治理能力现代化建设的践行者。“漳州110”身上熠熠闪耀的政治性、人民性、时代性、先进性，特别是在新时代不断丰富和拓展价值追求和精神内涵，始终不渝坚持以人民为中心的发展思想，一直受到广大人民群众的高度信赖和拥护——他们是这个新时代的楷模！

“时代楷模”“漳州110”所走过的历程，正是一部以人民为中心的奋斗史和发展史。

第一章

“漳州110”简史

钢铁是怎样炼成的？

1. 重整旗鼓

初夏的傍晚，太阳还没有落山，远方天际上一抹绚烂的晚霞，点染着这座南方小城的宁静。繁华的延安路上，有的店家往路边摆出了摊点，还有一些推着板车的流动商贩一路叫卖着，走路的人、骑自行车的人也渐渐多了起来。人力三轮车横冲直撞，开到这里的汽车也变得没脾气了，只能缓慢地行驶，偶尔会有几辆摩托车发出巨大的轰鸣声，在人流和车流交织的缝隙中穿行而过。

这是1990年的漳州芗城。1985年5月，经国务院批准，撤销龙溪地区建制，升漳州市为地级市，原县级漳州市改为芗城区，但是当地百姓还是习惯把芗城叫作漳州。那时漳州市公安局芗城分局就在这条街上，大门口便是熙熙攘攘的街市。那一天傍晚，芗城治安巡逻中队进行下班前的例行巡逻，有一个叫作郭韶翔的副中队长带着两个民警从分局里走了出来，他的神情显得有些困惑。

郭韶翔出生于南下干部家庭，当地人喜欢把北方人和这种父辈来自北方的人称作“阿北佬”，这个称呼带有一定的贬义色彩，认为他们“土直”、不含蓄、不会说话。郭韶翔确实是心直口快，有一说一，他当过十年兵，也干了七八年的刑警，刚烈、倔强，疾恶如仇，眼里容不下一粒沙子，浑身像是充满一股劲无处使一样。刚刚走上街，郭韶翔就看到前面的群众像躲什么一样闪到一边，有的人说着闽南话在背后对他们指指戳戳，还有人对他们身上的制服投来不屑的眼光，这让他感到非常痛心，曾几何时，警察的形象变得如此不堪。

说来也难怪，他所在的治安巡逻中队成立于1986年10月，当时市区治安形势非常严峻，各种流窜作案、公开抢夺时有发生，流氓滋事、聚众斗殴似乎是家常便饭。漳州市公安局和芗城分局领导审时度势，组建了这支类似巡警的新队伍，在较短时间里扭转了治安严峻的局面，但是各种问题随之暴露了。在治安巡逻中有一些民警不务正业，专门跟路边的小商小贩过不去，以查走私的名义把人家的香烟、家用电器、花生油甚至国库券收缴回去私分，群众敢怒不敢言，私底下把他们叫作“土改队”。郭韶翔为了照顾身体欠佳的妻子，在1987年初从市局申请调动到分局，组织上安排他到巡逻中队当副中队长，但是他一天也没有上任，就直接被分局派任到专案组，那时积案太多，他竟然一个人兼了11个专案组组长。他是工作起来就废寝忘食的那种人，本想照顾妻子却更忙了，几乎没有清闲休息的时间，但是关于巡逻中队的闲话，他还是话头话尾听了很多，心里郁闷焦急，却也无可奈何。不久前，专案组总算全都结案了，他归队了，几经整顿的巡逻中队没有中队长，只有他这个迟迟到任的副中队长，原来二十几号手下，而今只剩下六个人，年纪最大的54岁，最小的34岁，仅比自己小一岁，全部“家当”是三把枪加上一辆踩半天才启动的边三轮。郭韶翔第一次观察他们的脸部表情和腰围，心里就凉了半截。他知道这支队伍没有了士气，自己肩膀上的担子非常重。带着民警走在街上执行任务，群众的冷漠与鄙夷越发让他感觉到解决问题的迫切性，这支队伍不能垮，必须绝地反击，必须重整旗鼓，像凤凰涅槃一样浴火重生！几次带队巡逻下来，郭韶翔总是忧思满怀，心里奔涌着许多大胆的念头和想法。

很快，领导正式任命郭韶翔为巡逻中队中队长。他感觉到自己有了用武之地，可以好好地施展一下拳脚了。如何把这支松松垮垮的队伍从悬崖边缘拉回来，带上正轨，重振雄风，这确是不容易的，但是有上级组织和领导的支持，有其他同事的配合，郭韶翔觉得还是可以的，自己应该有这个自信心，他相信抓铁有痕，事在人为嘛，“子规夜半犹啼血，不信东风唤不回！”上任伊始，郭韶翔就把六个队员召集起来开会，开头第一句就问：“你们有谁听到群众说我们警察好的？”

这突如其来的问话让大家全都愣住了，一时回答不上，也不知道这个姓郭的新官要放什么火。郭韶翔犀利的眼光巡视了大家一遍，清了清嗓门说：“警察的形象本来应该像电影《今天我休息》里的马天明那样，做群众的贴心人和保护神，跟群众打成一片，可是现在呢，我们却变成群众不欢迎的人！为什么会这样？大家先别怪群众觉悟低什么的，先从自己身上找找原因！”几句话说得大家浑身不自在起来，一个个低头寻思。郭韶翔亮起嗓子说：“我们不能再这样下去了，必须确确实实为老百姓做点事，如果我们不改变自己的作风，将如何取信于民？我想用几年的时间，彻底改变治安巡逻中队的面貌，重塑警队的形象。”他说着挥了一个手势，“难道你们愿意巡逻中队继续这样烂下去吗？”

这句话似乎把大家“激怒”了，群情变得振奋了。有人站起身来，用闽南话说：“输人不输阵，输阵番薯面。”这句粗俗的方言，意思是个人输了不要紧，如果是团队输了就不好看了，像“番薯面”那样丢人，这里体现的是一种集体主义精神。话糙理不糙，郭韶翔也特别赞同这句话。他感觉有戏了，把心里的想法和盘托出：

“我想把刑警队的110电话拿过来，放在我们巡逻中队，这样群众有事就可以直接找到我们了，只要群众报警、求助，我们就立刻出动。”

有人在下面嘀咕了一句：“这样行吗？”

郭韶翔大声地说：“这怎么不行？我们是巡警，巡警是个新生事物，要做什么、怎么做，你只有去做了才知道，先做再说，多做少说，这也是‘摸着石头过河’，如果我们不下水试试，不蹚水走一回，永远也过不了河。”

队员们沉默了一会儿，虽然没有表现出气吞山河的决心，但是态度还是比较一致的，大家纷纷说：“那就做吧，我们跟着你做。”

看到队员们支持自己，郭韶翔信心倍增，当场宣布了几条纪律，他知道这只是个开端，万事开头难，但只要迈出坚实的第一步，坚持走下去，就没有完成不了的目标。

《关于建立漳州市区快速反应机制的请示报告》送到了领导的案头。在领导的支持下，刑警队也同意把110电话迁移到巡逻中队，可是电话机呢？那时还是老式的转盘拨号机，郭韶翔跑到旧货市场想买个便宜货，老板听他说了用途，爽快地说，我挑一个最好的送给你们吧。这可太好了，郭韶翔心里高兴，这说明群众还是有期待的。他又跑到电信局，跟总经理软磨硬泡，经过特批，用比较优惠的初装费，开通了一部没人要的尾数“444”的外线电话。

接处警要快，这要有交通工具，中队是有一辆老旧的边三轮，跑不快但还是能跑的。当然这还不够，正当这时，父亲有个老战友的儿子，手上有五辆报废的北京吉普车，郭韶翔把它们要了过来，泡在大修厂里，跟师傅们一起敲敲打打，硬是用五辆车的零件“攒”出了一辆车。最后安装一下车篷，就像模像样了。一问，这得300元，郭韶翔舍不得花这钱，算了，就做成“敞篷”车吧。

既然要重塑形象，打造焕然一新的110报警台，就必须以崭新的形象亮相。郭韶翔找到原部队的老首长，要来部队淘汰的八套迷彩服，回来给大家当作“行头”。他又找裁缝店的师傅做了八个红袖标，用别针别在迷彩服的袖子上。

一切准备就绪，“漳州110”报警台正式开通了。郭韶翔选在了1990年8月1日，这可以看出他有浓厚的军人情结。报警台设在芗城公安分局的三楼，没有正规仪式，也没有领导出席讲话，甚至同一幢楼办公的其他民警都不知道有这么一回事——这个后来载入公安史册的大事件，就这么悄无声息地发生了，当时甚至没有留下一张相片……

2. 初露锋芒

1990年9月6日，夜幕降临，漳州新华南路一个宫姓的居民家里，一家人正坐在客厅里看电视连续剧，突然门被推开了，一个身影闯了进来。全家人猛吃一惊，定睛一看，原来是宫家女儿已经吹掉的前男友陈某，只见他手上握着一把刀，喷着粗气说：“今天你们得给我说个明白，不说明白我就不走了……”他手上的刀子闪着寒光，令一家人心惊胆战，不知如何是好。还是男主人站起身，劝说道：“大家好聚好散，有话好好说……”陈某冷笑几声，耸着肩膀走过来。

宫家女儿情急之下，绷起脸说：“你别乱来，我打电话报110了。”

陈某一下大笑起来，说：“我才不信，警察会来？哼哼哼……”

宫家女儿抓起沙发上的电话机，拨通了110报警台，报了自家地址，说有人在闹事，里面传出一个男声说，我们马上过去。这声音让宫家人松了一口气，连持刀的陈某也愣了几下，不由得收敛了嚣张的气焰，他没跑，似乎想验证一下警察会不会来。过了几分钟，两个穿迷彩服的警察走了进来，这让宫家人惊喜，同时也让陈某诧异。警察走上前把他的刀拿下来，按他的预感，警察可能会一巴掌甩过来，但是没有，警察只是严肃地批评了他几句，他全都接受了。对宫家人来说，一场危险化为乌有，内心自然非常欢喜，过了不久他们给巡逻中队送了一面锦旗。

这也是巡逻中队重建以来收到的第一面锦旗。久违的荣誉感又回到了心头，他们觉得路子走对了，警察的正道就是为群众排忧解难。

又一个夜晚，夜渐渐深了，漳州蔬菜公司中转站的值班员听到一阵异常的响动，便走向仓库，发现有人在偷水果。他喊了一声，那盗贼转身抡起手中的扁担，他一下被打昏在地上，另一个在值班室的人看得心惊肉跳，赶紧抓起电话打110，压低声音报了警。几分钟后警察开车飞驰而来，那个盗贼被当场逮了个正着。过了几天，蔬菜公司送来一面锦旗，上面写道：人民卫士为人民。

经过几次快速出警，110报警台在群众中开始有了一定的影响，当事人送锦旗表达真实的情感，群众在街面上看到巡逻中队的“敞篷”吉普车驶过，也投来了敬佩的目光。这让郭韶翔和他的队员们感觉到，老百姓都是非常朴实的，只要你真心真意地做事，维护治安也好，扶危解难也好，他们都会记在心间，人心是一杆秤啊。

应该说，借助110报警台，巡逻中队在短短的时间里便初露锋芒，破获17起刑事案件，抓获51人，处罚119人，平息持刀行凶闹事风波8起，缴没赃款赃物折合人民币28万多元。不过，电话中的假报警也让他们很困扰。据统计，1990

年的86次报警中，竟然有47次是假报警，超过报警总数的一半以上。这其中有一些是不懂事的孩子打着玩的，还有一部分是成年人打的，他们不相信这个110电话随时会有人接，还会有警察几分钟内赶来，有的人竟因此而打赌，赌警察不会来的那方总是输了，不过胜方也没什么好果子吃，对于这类故意报假警的行为，巡逻中队一律按治安处罚条例给予处罚。

3. 小事不小

10月金秋的一个深夜，110报警台的电话响了，里面传来一个女人微弱的声音，她说她快要生孩子了，因为前些天才从三明搬家到漳州，人生地不熟，丈夫恰巧有事又回三明，现在她一个人在家非常害怕，不知警察能否帮忙送她到医院。接电话民警赶紧向郭韶翔汇报："有个女人快生孩子了，身边没亲人，向我们求助，这怎么办？"

"去呀！马上！"郭韶翔不假思索地说。

郭韶翔带着一名队员跑下楼，发动了那辆老旧的边三轮。一阵刺耳的马达声划破了寂静的夜晚，这跑起来一顿一顿的边三轮在空旷的路面上还是跑得很快，一会儿就到了那个求助的女人楼下。郭韶翔和队员跑上楼，用她家的藤椅把女人抬下楼，然后架在边三轮的座位上，及时送到了医院，后来才知道，他们离开后不久那个女人就生下一个儿子。

又是一个深夜，又是一个女人求助。这个水泥厂的女工下大夜班，被人落下了，独自一人准备回家，发现对面有个行为怪异的男子一直盯着她，让她心里一阵阵发毛。她想了想，还是打了110求助。接电话的民警有点哭笑不得，这算什么“警情”啊，不敢回家想让警察送，用闽南话说，这叫作“真敢想”！带班的郭韶翔在一旁大致听明白了电话里的求助内容，起身说：“去呀，马上去。”

“可是，这个……”民警犹豫地面露难色。

“就当女工是你妹妹好了，马上出警。”郭韶翔不容置疑地说。

深夜接送孕妇到医院分娩、护送女工回家，这两件似乎是在警务之外的小事，不知怎的就在社会上传开了，群众一片称赞声，人人都竖起大拇指，赞扬警察做得很好，都说“我们就需要这样的警察”。但是，在巡逻中队内部，大家却不由得犯嘀咕了，这算什么事呀？警察的职责是打击犯罪、维护治安，如果这种小事也要我们做，那警察岂不是成了“社会保姆”？郭韶翔听到了大家的议论声，他也陷入了深思：警察到底是为治安而管人民还是为人民而管治安？这确实是一个值得深思的问题，它不仅关系到巡警这一新警种的生存与走向，而且还关系到警察这一职业的使命、责任与担当。郭韶翔从部队转业从警，也是一个资深警察了，他知道，自从改革开放以来，社会治安形势发生了很大变化，可是在全国大多数地区，还依旧是老办法、老局面，哪里发案了，不管大案小案，层层上报，然后层层下传，警察坐机关岿然不动，老百姓跑断腿求援无门，如何适应新的形势摸索出一条新办法，有效维护社会治安，从高层到基层，都在积极探索，可是似乎还没有总结出一套行之有效的办法。

“世界各国都有警察，可是没有哪个国家在‘警察’前面加上‘人民’两个字吧？”有一次郭韶翔跟队员聊天时说，“只有我们中国，‘警察’前面加上‘人民’，我们是人民警察。”

是呀，人民警察，《中华人民共和国警察法》总则第三条明确规定：“人民警察必须依靠人民的支持，保持同人民的密切联系，倾听人民的意见和建议，接受人民的监督，维护人民的利益，全心全意为人民服务。”为人民服务，不仅体现在打击犯罪、维护治安方面，为群众排忧解难也是人民警察的神圣职责。郭韶翔越发想明白了，人民警察不是为治安管治安，而是为人民管好治安。全世界只有中国的警察名称前有“人民”，这两个字就是对中国警察职能的定位。打击罪犯，这是警察的天职，没错，警察是社会的“保镖”，与此同时，服务百姓群众，也应该成为110的最大追求，警察成为社会的“保姆”，这没有什么不对，警察本来就应该身兼“保镖”与“保姆”啊。只有以人民的满意为一切实践的出发点和归宿，才能赢得人民的支持和拥护。

为了统一认识，郭韶翔在巡逻中队开展了一场以“假如产妇是你妻子，你送不送？”和“假如女工是你的妹妹，你帮不帮？”为题的大讨论，引导民警设身处地，换位思考。有一天正在开会讨论，那个求助的产妇坐完月子，抱着孩子跟她丈夫一起突然出现在大家面前，他们是专程来感谢“110恩人”的，那个大男人含着眼泪说，那天要不是你们及时送医院，我妻子就很危险了……在场民警心头一震，送孕妇看似是小事，实则人命关天。看着那个粉嘟嘟的新生儿，一种对生命的大爱，在每个人心头油然而生，心里的崇高感被唤醒了，思想上为民服务的公仆意识也被唤醒了。关于这件事，郭韶翔后来在接受采访时说：“人民群众的理解比金子还贵，人民群众的肺腑之言比我做三天的教育还管用，我感受到民警们思想上前所未有的高度统一。”当天会议上，郭韶翔趁热打铁地提出“维护治安与服务群众并重”的警务模式及其实施计划，这是他酝酿、思考许久的想法。

“我们把110报警台，改为110报警服务台，就加‘服务’两个字！”他掷地有声地说。

1990年12月5日，110报警台正式更名为110报警服务台。看似只是增加了“服务”两个字，其内涵却是全面无限地扩大了。“为人民服务”，服务范围何其广阔，只要是人民群众需要的，事无巨细，家长里短，鸡毛蒜皮，他们统统愿意去做，而且努力做好。那时全社会还没有哪个职能部门敢于这样公开承诺，“漳州110”敢为天下先，完全是自找苦吃，这是多大的勇气和担当！对郭韶翔和他的队员们来说，并没有“天降大任于斯人”之类的豪情，他们只有一个朴素的念头，就是好好为老百姓做点事，然而他们的举措却无意中开了警务改革的先河。

4. 广而告之

“从即日起，‘漳州110’报警台改为报警服务台，漳州市民有困难需要警察帮助的均可拨打110。”

1991年1月5日这天，很多漳州市民打开电视机，遥控器摁到本地电视台，无不惊讶地听到播音员正在口播广告，屏幕上还出现相应的文字。警察竟然在电视上做起为民服务的广告，这应该是史无前例的事情。据说电视台接到这条广告业务时也是惊呆了，这绝对是“前无古人”的广告。本来连做两天就需要2400元，最后电视台也被感动了，给予特别优惠，连做七天只收600元。那时的600元也是不少了，因为无法报销，这钱还是郭韶翔和队员们“集资”的。

电视广告连做七天，一时引发街谈巷议。即使见多识广的人也觉得不可思议，这政府部门做广告，而且还是“拿枪的”最强悍的公安部门做广告，真是“开天辟地第一回”啊。紧接着，市区几处繁华的街头，竖起了一块块铁牌，上面写着醒目的大字，有的写：有事情找巡警，报警电话110；有的写：“110”在您身边。

本地的《漳州广播电视报》《闽南日报》也刊登了豆腐块似的小广告：您的困难就是我们的困难，110愿为您排忧解难。

漳州市民的好奇心被调动起来了，这“漳州110”怎么啦？他们想搞事，他们到底想做什么？他们个个都是超人吗？他们想要怎么做？他们真的会做吗？他们做得到吗？他们能坚持做多久？当然，质疑与讥讽也是有的，郭韶翔“疯了”，他们都是“疯子”，“闲着没事干，想出个风头”，“敢吃泻药，有那个屁股吗？”……

七百多年前，伟大的诗人但丁就说过：“走自己的路，让别人去说吧。”郭韶翔和他的队员们认定的路，他们才不管什么风言风语，就是要脚踏实地、一步一步走下去，不犹豫不回头，无怨无悔，百折不挠，永不止步。

从某种意义上说，漳州所有市民都是“漳州110”变革与成长的见证者，他们或亲身体验，或亲眼看见，或听人说起，或看新闻报道，每个人都同时为“漳州110”做着活“广告”：

老人孩子走失了，打个110，被找到并送回家来了……

钥匙丢了打不开门回不了家，打个110，他们上门为你开锁……

走在路上金项链被人夺走，打个110，他们直追嫌疑人，为你挽回损失……

看到轻生者爬上楼顶或桥头，打个110，他们飞驰而来，苦口婆心地劝说安慰，最后机智惊险地救下轻生者……

有人落水，打个110，他们赶来跳入水中，奋力抢救……

饭店里煤气瓶起火了，打个110，他们赶来为你灭火……

漳州老百姓看在眼里，记在心里，那些风言风语很快消失得无影无踪。在他们看来，“漳州110”原来是真心做事啊，“蒸”（真）的，不是“炊”（吹）的！在他们的口口相传里，“漳州110”一个个变得神勇无比，无所不能——于是，一个个新谚语应运而生：

有困难，找“110”。

“漳州110”，最快最灵。

远亲不如近邻，近邻不如“漳州110”。

这是漳州百姓为“漳州110”做的最大的“广告”，它是一种口碑，更是一种民心。

5. 百炼成钢

装备简陋、人手不足，这是“漳州110”报警服务台初期的困境，到了1991年，虽然人员调整过一次，增至十二人，平均年龄也年轻了许多，但是他们并没有三头六臂，也不是什么超人，因为常年超负荷工作，所有人都有胃痛、关节痛、腰椎间盘突出等各种各样的慢性病，可是只要一接到群众的报警电话，他们脚底下就像是装上弹簧一样，以最快的速度向现场飞奔而去。其实，他们也都是吃五谷杂粮的血肉之躯，只不过，责任与使命，让他们在老百姓面前变得身手不凡——而这背后，有他们严肃的纪律和严格的训练，如果没有挥汗流血的辛苦训练，没有严字当头的纪律约束，他们也展现不出风采，正如一块铁矿石，不历经烧结、冶炼、轧制、热处理等工序，又如何能成为一块好钢？

快，快一点，更快一点！郭韶翔建立了“请示报告快、赶赴现场快、开展工作快、处置情况快”的“四快”反应机制，可是出警如何更快一点？他没少动过脑子。报警台办公地点在三楼，接警后从三楼跑下来，除了跑三层楼梯还有两段弯曲的廊道，这再快也得几十秒吧，如果从三楼直接“飞”下来——他立即为自己这个点子激动了，跑到农贸市场掏10元钱买了一根又粗又长的竹竿回来。这根竹竿被铁丝固定在三楼走廊边缘和地面之间，郭韶翔指着竹竿对大家说：“以后接警，就顺着竹竿往下滑，这要比跑楼梯快。”

这肯定是快了，可是大家首先要训练成滑竹竿的好手。郭韶翔以身作则，练了几趟，“哧溜”一声，四五秒就能从三楼滑到地面上。有个队员身材比较魁梧，他看着郭韶翔精干的身子，说："郭队，你这身材适宜滑竹竿，我这要是能练成，也要比你慢几秒。"郭韶翔说："你多练练，熟能生巧，巧了就快了，轻如飞燕也是练出来的。"有队员有恐高症，郭韶翔就带着他练，一次次从上面滑下来，那队员先是闭着眼睛往下滑，慢慢就敢睁开眼睛了。过了一阵子，郭韶翔感觉竹竿不够牢固，就把它换成自来水铁管，用钢筋在地面上牢牢地固定住，显然铁管比竹竿滑溜、安全。没多久，报警服务台民警全都练成了滑铁管的高手。要是有这么一种比赛，他们一定能够夺得集体冠军。

还是为了快，哪怕只是更快几秒、更快一秒，所有值夜班民警"三不脱"：不脱衣、不脱裤、不脱袜。夜间的警情往往比白天多，每个人几乎都是睁着眼睛在休息，随时准备一跃而起。

为了保证快，必须把严的纪律挺在前面。无规矩不成方圆，以制度管理人，管理出效益，管理出警威。"漳州110"在半年内就接连出台了《治安巡逻中队任务实施细则》《值班制度》《一日生活管理措施》《110报警任务实施细则》《廉政建设制度》《岗位责任制度》《行政管理制度》《队长职责》《政治指导员职责》《巡警上街制度》等，这28种147条，大到政治思想、职业道德，小到着装谈吐、墙上头盔怎么挂、宿舍牙杯怎么摆，都有着严格的规定。如果哪个民警违反了，必须受到经济处罚，当时每个人每个月补贴60元，如果违规一次则扣30元，而郭韶翔作为一把手，也必须陪扣。有一个月，他整个月的工资都被陪扣完了，这让队员们有点吃惊，原来队长是动真格的啊，大家觉得有些不好意思了，怎么办？将心比心，只有一丝不苟地把规章制度转化成自己的自觉行为。

如何带好一支队伍？郭韶翔在工作笔记里写下了他的思考：革命化教育，军事化管理，正规化训练，制度化约束。中队党支部做出《改进队风，队领导作表率》的决定，明确指出队领导要“四在前”：重点工作干在前，深入调研做在前，有了困难抢在前，危险时刻冲在前；“四带头”：带头学习理论，带头抵制说情，带头遵纪守法，带头做思想工作。正是有了这“四化”“四在前”“四带头”，“漳州110”百炼成钢。

花儿为什么这样红？

1. “四有”与“四必”

110报警服务台经过电视和报纸的广告宣传，渐渐有了知名度。1991年的报警数量从1990年的86次跃升为302次，1992年482次，1993年则首次破千，达到1233次，1994年2413次……

一天凌晨，郭韶翔接到漳州师范学院宿舍区的一个女孩报警，称她的父母因家庭琐事吵架，吵得不可开交，相互动手打起来了，请求“110”帮助。郭韶翔立即带领民警赶到现场，又是好言相劝，又是严肃制止，动之以情晓之以理，费尽口舌，总算平息了一场家庭风波。回队后郭韶翔的心情却一时不能平复，他从中受到了启示，提笔在报警服务台的备忘录上写下：“有警你就必须接。”

一天傍晚，嘉禾小区一位老太太正在做饭，当她起身到外面拿东西的一瞬间，突然一阵风刮来，把门砰地关上，锁从里面锁上了。厨房灶台上的火势正旺，老太太急得像热锅上的蚂蚁，在门外团团转。情急之下，她抱着试试看的心理拨打110求助。很快郭韶翔带领民警赶到现场。观察了房屋的结构后，民警们搭成人梯爬到屋顶，通过玻璃天窗下去把门打开，还好，锅台上的锅还没烧穿，老太太长长舒了一口气。回队后郭韶翔想了想，又在备忘录上写下："有难你就必须帮。"

一天中午，芗城区一家塑料厂着火，火乘风势，风助火威，越烧越旺，不一会儿便犹如猛兽一般，气势凶猛地扑向了隔壁的一家银行。正在值班的银行职员顿时一阵惊慌，错把119打成110。接报警后，郭韶翔一边报119火警，一边带领民警赶到现场，先行投入扑火战斗。由于救援及时，银行的大量现金和账本免遭损毁。这家银行的行长感激不已，亲自登门致谢。郭韶翔送走客人，反身就在备忘录上写下："有险你就必须救。"

一天晚上，家住元光南路一个小区的一对新婚夫妇散步回家，发现家门被撬，防盗锁撬坏了，门怎么也打不开，他们赶紧拨打110求助。郭韶翔带着两名民警很快赶来，三人轮流用铁锤锤了一个半小时，费了九牛二虎之力才把门打开。这对新婚夫妇见郭韶翔他们满头大汗，感动得紧紧握住他们的手说：“你们110真是我们的好警察呀！”这句话深深地触动了郭韶翔，回到队里他又在接警台的备忘录上写下：“有求你就必须应。”

郭韶翔在接处警工作中总结出“四有”与“四必”，旗帜鲜明地亮了出来：“有警必接、有难必帮、有险必救、有求必应。”他在开会时对队员们说，“四有”“四必”，这是我们“漳州110”内部的一项工作规定，也是我对大家的要求。

2. 鲜花与掌声

1995年春节，芗城区居民叶炳松夜里外出，一辆疾驰的摩托车把他撞倒了，那车手没有停车，反而加大油门逃窜。因为是夜里，周围没有目击者，也就没有人打110报警，叶炳松倒在地上不省人事。正巧“漳州110”巡逻车经过，民警见状把受伤的叶炳松抬到车上，向医院飞奔而去。第二天叶炳松醒来后，方才得知是“110”民警救了他的命，那两个民警连名字也没有留下。他非常感动，请人做了一面锦旗送到了110报警服务台。那锦旗上写的是：

人民的110

“人民的困难就是我们的困难，人民的满意就是我们最大的心愿。”民之所忧，我之所思；民之所思，我之所行。短短六年间，“漳州110”接到报警10367次，排除假报警519次，紧急出动9813次，查获各类案件1373起，抓获各类违法犯罪嫌疑人6962人（次），调解民事纠纷2711起，为民办好事、实事49293件（次）——数字是枯燥无味的，但它是一种明证，你可以想象一下“漳州110”警察飞奔的身影，犹如雄鹰般翱翔在漳州大地，又像勤劳的蜜蜂，在群众中间采集花蜜。

没有宣传，更没有炒作与造势，金杯银杯不如老百姓的口碑。“漳州110”的事迹像一股春风吹拂在漳州大地，让老百姓感觉到社会风气好转了，生活更加美好了。毋庸置疑，20世纪90年代以来，一段时间里，在全国各地的基层社会治理中，表现出一定程度的“党群关系紧张”“警民关系紧张”，群众总结为“门难进、脸难看、话难听、事难办”。全社会需要一个主体、一种模式承担起联结政府和民众之间情感认同纽带的责任和使命，“漳州110”正是在这种时代背景下诞生成长的一个主体、一种模式，以“为人民服务”为宗旨、以“人民群众满意”为目标，自然获得了人民群众的喜爱与拥护。

中共漳州市委做出《关于向“漳州110”学习的决定》，福建省公安厅做出《关于在全省公安机关开展向“漳州110”学习活动的决定》，中央电视台派出摄制组到漳州进行新闻专题的拍摄，福建省委办公厅、宣传部、组织部、政法委、文明办等单位派出事迹调查组，到漳州开展历时半个月的明察暗访……

1996年6月24日，福建省委、省政府下发《开展向“漳州110”学习活动的通知》。7月5日，福建省委、省政府在福州召开“表彰学习‘漳州110’大会”，授予其“人民的110”荣誉称号，号召全省各行各业广泛深入开展学习“漳州110”活动。

1996年8月27日，公安部在漳州召开全国城市110报警服务台建设工作现场会，会上做出《关于向福建省“漳州110”学习的决定》。

1997年11月26日，国务院授予“漳州110”“人民的110”荣誉称号。

对于一个集体来说，短短六七年间就获得如此巨大的荣誉，来之不易，“不经一番寒彻骨，怎得梅花扑鼻香”？他们的辛苦付出，人民看在了眼里。

中共中央总书记、国家主席、中央军委主席习近平在福建工作期间，特别关心“漳州110”的成长和建设，赞誉“漳州110”是“人民的保护神”。

1996年10月21日下午，时任福建省委副书记习近平到漳州实地考察110报警服务工作和队伍建设。他进警营、到岗亭，找执勤民警了解工作和训练情况，对“漳州110”高效的工作方法非常满意。他认为，110报警服务台的工作，事关群众工作的基础，是党委联系群众的重要渠道，同时也密切了公安机关和人民群众的血肉联系。他勉励大家发扬警队优良传统，百尺竿头更进一步。在10月22日的调研座谈会议上，习近平指出：“漳州110”是全国学习的典型，社会主义精神文明建设很重要的内容是职业道德建设，“漳州110”在这方面具有普遍的推广意义，对各行各业都有学习的价值。

2000年2月13日，习近平视察“漳州110”指挥中心建设现场，查看了指挥中心的建设以及设计使用功能等情况。

2002年4月13日，习近平陪同时任中共中央政治局常委、中央书记处书记、中纪委书记尉健行视察“漳州110”。

习近平对“漳州110”的赞誉以及三次莅临视察，如春风涤荡在“漳州110”每个人的心头，催人奋进，激励着“漳州110”一代又一代的民警始终秉持初心使命，永远以人民为中心，永远做“人民的保护神”。

3. 守正与创新

“几度风雨几度春秋，风霜雪雨搏激流，历尽苦难痴心不改，少年壮志不言愁，金色盾牌热血铸就，危难之处显身手……”

这首激情满怀的老歌唱的是警察的心声，对“漳州110”来说，光阴荏苒，三十一年来变的是警务机制的不断创新，不变的是为民服务、维护治安的赤子初心。

1994年2月，“漳州110”所在的治安巡逻中队扩编为漳州市公安局芗城分局巡逻警察大队，1996年5月，再次扩编升格为漳州市公安局巡逻警察支队直属大队，归属芗城分局领导，2000年10月之后正式归属漳州市公安局直接领导，后来番号几经变更为漳州市公安局巡警防暴支队直属大队、巡逻特警支队直属大队、特警支队直属大队，2015年5月至今正式定名为漳州市公安局巡特警支队直属大队——不过，在老百姓心里，它始终只有一个名字，就叫作“漳州110”。

正如一首歌唱的：“不是我不明白，这世界变化快。”面对瞬息万变的社会治安形势，面对人民群众期待的目光，“漳州110”明白，唯有“变”——变革创新警务机制，方能保持“不变”——为人民服务的初心永不变，以不变应万变，万变不离其宗。

如果说1990年的报警服务台建立快速反应机制，标志着服务群众与维护治安并重的第一次警务改革开启了为民服务的新篇章，接下来的历次警务改革，则让“漳州110”一直走在路上，成为公安战线上的改革先锋，在漳州大地上奏出了更加绚丽动人的华彩乐章。

1996年5月，“漳州110”把漳州市区划分为三大片区五个警区，实行“四班三运转”勤务模式，把所有警力投入巡逻接处警，建立起以报警服务台为指挥中心、以岗亭为依托的全天候巡逻防范网络，变坐等接处警为就近接处警。“屯警街面”落到实处，漳州百姓发现“110”更灵了。

1998年1月23日，漳州市委、市政府下发了《关于建立110社会服务联合行动机制的通知》，将涉及人民群众生产、生活的公安、工商、邮电、卫生、供电、供水等7个部门12个单位联合起来，建立以政府牵头、有关部门参与、“漳州110”为龙头骨干的“110社会服务联动机制”，向社会做出“有求必应、有难必帮、有危必救、有险必抢、有忧必解”的承诺。真正做到为民、利民、便民，其经验在全市推广，全省110社会联动现场会两次在漳州召开，“漳州110”效应的社会化取得重大进展。

从1999年开始，漳州市公安局党委以110指挥中心大楼落成为契机，进一步理顺领导机制，把“漳州110”的领导权由芗城分局转移到市局，把设立在“漳州110”的110报警服务台并入市局指挥中心，为所有巡逻车辆安装GPS，由指挥中心统一对巡逻接处警工作进行点对点、扁平化指挥。进入新世纪以来，根据市区不断扩大的实际，落实“两区一体”改革，“漳州110”将巡防辖区从芗城区延伸至漳州市龙文区蓝田镇、步文镇和蓝田经济开发区等地，把市区重新划分为28个警务区，分设24个治安警务停靠点，实行网格化的巡逻接处警，并进一步强化多警种联合作战，逐步建立起以110指挥中心为龙头、以巡特警为骨干，多警种协同作战、有机配合的快速反应机制。

2012年6月30日，漳州市公安局再次启动综合警务改革，推动将“漳州110”优良传统移植到派出所，“漳州110”、市区交警大队的路面勤务职能和警力整合到市区派出所，以“两人一组”联勤搭档，以警组为基本作战单元，以“三组一队”组成警务队，开展巡逻接处警、交通管理、办理案件、社区警务等工作，建立以巡逻、巡查、巡访为主要勤务方式和“扁平指挥、属地管理、网格巡逻、责任到人”的派出所综合警务机制，探索一警多能、一警多用，民警既管交通又管治安，既管路面又管社区，发挥了派出所管理治安、打击犯罪、交通整治、维护稳定、改善环境、服务群众的作用，变警种“110”为全警“110”。

2016年7月，“漳州110”从派出所回归，漳州市公安局全面充实“漳州110”队伍，配齐高科技警用装备，落实动态网格布警，坚持24小时巡逻处警，建立联勤联防联动机制，落实“首接负责、就近派警、梯次投送”，实行正规化、可视化、精细化、规范化的警务模式，以“最近距离、最快速度、最强处置”年均处警4万余起，提升了驾驭复杂治安局势的能力。

当年又快又灵的“110”更快更灵了，历次警务改革既锻炼了队伍，又让人民群众有了更多的幸福感、获得感、安全感。三十一年的实践与探索，“漳州110”勤务机制转型升级为“主动预警，精细布警，多维接警，动中处警”和“智能化指挥、精准化服务、标准化执法、专业化建设”的“四警四化”现代勤务机制。改革强警，创新兴警，坚守正道，与时俱进，“漳州110”给人民交出了一份满意的答卷。

4. 传承与弘扬

漳州是一座一年四季鲜花盛开的美丽城市。杜鹃、桃花、牡丹、荷花、睡莲、郁金香、菊花、桂花、蜡梅、水仙……花开花落不间断，那些花儿像是接力似的开放，满城飘香。如果把“漳州110”比喻为花，它应该是一座花团锦簇、万紫千红的百花园。花儿为什么这样红？

“我宣誓：我志愿成为中华人民共和国人民警察，献身于崇高的人民公安事业。坚决做到对党忠诚、服务人民、执法公正、纪律严明。矢志不渝做中国特色社会主义事业的建设者、捍卫者。为维护社会大局稳定，促进社会公平正义，保障人民安居乐业而努力奋斗！”

每年的11月26日（国务院表彰日）这一天是“漳州110”荣誉日，他们都要举办简朴而又庄重的活动。所有民警在党旗前重温入警誓词，铿锵有力的话声表达出一种情怀；大队领导给新警配发红袖标，威严的警服套上“漳州110”的袖标，这更意味着一份责任、一份使命。

仪式感、使命感、讲忠诚、讲传承……三十一年来，“漳州110”先后48次获得省部级以上集体表彰，44批次527位民警无违纪违法，114人（次）立功受奖，涌现出一批全国公安系统英雄模范和全国先进典型。习近平第一次视察“漳州110”时就曾经赞扬过，“漳州110”的群体素质特别高。高素质来自严格管理、严格训练和严格要求。“漳州110”始终把纪律规矩作为队伍建设的重点工作抓早抓小，通过抓点滴促养成，抓养成促作风，抓作风促纪律，抓纪律促战斗力。老队员传帮带新队员，这是队里的优良传统，从郭韶翔、李铁军、许佳、陈伟强、李海宁到黄海强，每一任领导班子都模范带头、树立标杆，用自己的言行感召、带领民警不断创优争先，勇攀高峰，永不停歇，“一任做给一任看、一级带着一级干”……

如今的“漳州110”基地位于碧湖生态公园里，占地180亩，它就是一座自成一体的美丽花园，花木掩映下的训练馆里，每天传出散打、格斗、擒拿等各种训练的声响……

在“漳州110”教导员张斌的陪同下，我第一次走进花园般美丽的“漳州110”基地，事迹展览馆、体能训练馆、攀岩墙、营房、办公室、指挥调度室、食堂、队员之家……我内心带着极大的崇敬，走进这个不平凡的英雄群体，当我对他们的了解、认识越来越多、越来越深入的时候，我由衷地感觉到，这支浩气长存、英雄辈出的警队，敢为天下先，三十一年如一日，与时俱进，实在不愧为这个新时代的楷模！

第二章

“漳州110”纪事

铁军与“铁军”

李铁军，这名字一听就不由得令人感觉威风凛凛。没错，一米八几的“海拔”，铁疙瘩一般结实的身材，英俊而帅气的脸上，始终带着一种谦逊宽厚的微笑。他身上的警服即使每天再忙，也要熨烫一遍，所以显得特别挺拔与威武。

李铁军1965年11月出生于军人家庭，家庭教育和军营生活的耳濡目染，使他从小养成了吃苦耐劳、坚忍不拔的品格。1988年，李铁军从福建体育学院毕业后，毫不犹豫选择了警察这一职业。当一名人民警察，是他从小的志向。梦想成真，他全身心投入工作，先在芗城分局，后来调到漳州市公安局治安大队。

1993年，李铁军被选拔到“漳州110”担任副中队长，那时“漳州110”在社会上已经有了不错的口碑，但是警务改革和警队建设正处于艰难的上升时期，他感觉自己像是从一条小溪奔流入海，面前是广阔浩荡的世界，必须有勇气、有能力来锤炼自己、提升自己。

“丁零零……”110电话响了。这是1994年3月22日下午2点多，群众报警求助，说是有个老太太掉落台湾路与澎湖路交界的护城河。刚刚出警回来还没喝上一口热水的李铁军带着两个伙伴陈春竹和魏亦修，跑出值班室，从三楼的铁管滑到地面上，驾起边三轮就往现场赶去。

所谓护城河，其实已经变成了臭水沟。李铁军等人赶到现场，只见那个老太太半躺着陷在烂泥浆里，瑟瑟发抖。这时天空飘着毛毛细雨，天气阴冷得很。李铁军心急如焚，一边安慰老太太，一边寻思着救人办法。那是六米多深的烂泥沟，恶臭冲天。他们三人相互配合，下到了齐腰深的烂泥里，把老太太一点一点地搀扶上岸。

围观的群众纷纷叫好，有人指着一个少年说他是老人的孙子，就住在前面不远处。少年看到老人一身脏，扭头跑了。李铁军等人身上又脏又臭，什么也没说，扶着老太太送回到家。居委会干部赶来了，李铁军交代他们说，老人可能会着凉感冒，弄点红糖水给她喝。对讲机里又传来另一起警情的指令，他们只得匆匆离去。

1994年底的一个深夜，110电话突然响起来，原来是个外地女人带着哭腔的求助。她和丈夫来漳州打工，半夜里发现有病的丈夫好像不行了。她在漳州举目无亲，不知如何是好，想起平时听人说过“漳州110”，于是跌跌撞撞跑到街头电话亭打电话。她打完电话一直哭着，也不知警察会不会来，这时，一辆疾驶而来的警车停在了她面前，她呆住了。警察来了。李铁军带着王志强、陈志鸣两位民警五分钟内赶来了。

这对民工夫妻租住在一间小店面的阁楼上，下面摆着三只大油桶，要爬一架又细又窄的小梯子上去。女人哭着说，丈夫在上面快不行了。王志强爬上狭窄、阴暗的阁楼，摸了摸男人的鼻孔，发现他已经没气了，连忙告诉李铁军。李铁军弯曲着身子爬上阁楼，他也摸不到那个男人的脉搏了，感觉对方全身都冰凉了，可以确认已经死亡。按说这时李铁军他们可以撒手不管，让女人通知殡仪馆来处理就行了，但是李铁军看着女人那可怜的样子，心里涌起一种深深的怜悯，用闽南话对同伴说：“我们还是帮帮她。”

王志强站在油桶上把那男人从阁楼上抱下来，李铁军站在下面接，那男人的脸贴着他的脸往下滑，让他全身毛孔都缩紧了，一种冰凉的感觉令人极不舒服，但他还是郑重地把尸体抱到了警车上，对那个慌乱无神的女人说："这就送医院抢救。"

女人哽咽着说不出话。警车驶向医院的途中，三位警察不停地安慰着女人，李铁军知道送医院"抢救"只不过是给女人一点心灵安慰，让她过后回想起来少一点悲痛，丈夫还是"抢救"过的，而不是孤独地死在阁楼上无人问津。

到了医院，医生过来"抢救"了一下，摇了摇头。李铁军和同伴把死者送往太平间，安放好，还用铁网罩罩好，然后把那个茫然无助的女人送回租住处，又不放心，打电话给当地居委会的工作人员，让他们多关心一下这个悲恸欲绝的外地女人。李铁军又接连打了几个长途电话，跟女人远在外地的亲人取得联系，请他们速来帮忙处理后事。这时天都快亮了，李铁军再次轻声细语地安慰了女人，这才带着同伴离开。

尊重生命，悲天悯人，李铁军内心有着一种对人类的大爱，所以他可以没有任何忌讳地抱起尸体，并尽最大可能安慰和帮助陌生的外地女人。对人民群众是爱，对违法犯罪嫌疑人则是疾恶如仇，这种爱憎在他身上体现得特别分明。

1995年7月4日凌晨4点左右，一辆从深圳开往厦门的大巴开到了漳州地界，坐了整个晚上的旅客们又困又累，大都还在昏昏沉沉中。突然间，大巴里响起凶恶的叫声："打劫啦！钱包、金银首饰统统交出来！"四个流窜犯精心策划了一场洗劫大巴旅客的计划，他们拿出明晃晃的刀子，趁大家困顿昏睡之际，迅速占领大巴前中后及司机的位置，逼着每个旅客交出财物，很多人睁开惺忪的睡眼，还没明白过来，全身上下就被掏了个精光。四个有多次作案前科的歹徒出手敏捷，抢得的财物也颇为丰厚。他们用方言交流了一下，逼迫司机在路边停了车，然后得意忘形地走下车，走到公路对面，准备在那里拦车逃窜。

被洗劫一空的旅客像是从噩梦中醒来，长吁短叹，有人看了看窗外，大声地说，这不是漳州吗？漳州不是有个"110"吗？有个旅客有一部"大哥大"，幸亏藏在座位底下的行李包里，没有被抢走，他连忙取出"大哥大"拨打110……

"漳州110"的报警电话响了，时间是4点25分。李铁军带着吴荣辉、吴志坚和林学勤三位民警，以最快的速度赶往胜利东路与环城路交接处的大巴停靠点。谁也没想到警察这么快就到了。那个报警人走下车，对警察说，他们还在那一头的路边拦车。这时天还没亮，四处灰蒙蒙一片，李铁军让报警人坐上车，然后把警车的警灯和大灯关掉，故意放慢车速朝前面几个模糊的身影靠近。车上的报警人瞪大眼睛看了看，肯定地对警察说："就是那四个，烧成灰我也认得。"

李铁军把车开到那四个人前头，停住车，跟同伴一起跳下车，以迅雷不及掩耳之势冲向那四个嫌疑人，厉声喊道："不许动！"

那四个嫌疑人没想到今天出手这般顺利，身上揣着抢来的钱物，不免沾沾自喜，只要拦到一辆过路车，他们就可以逃之夭夭，到繁华都市去挥霍这些不义之财了。然而他们万万没想到，四个穿迷彩服的人朝他们猛扑过来，吓得他们像老鼠一样惊慌失措地四处逃窜。两个人朝公路对面的田埂路跑去，另两个人刚跑出几步，就被冲上来的吴荣辉和林学勤扑倒在地。吴荣辉和林学勤一人抓住一个，把他们的双手别过来，用手铐铐在了一起，然后立即对其搜身，分别从身上搜出一把弯刀和一把匕首。

那两个从田埂路逃跑的嫌疑人看样子很能跑，但李铁军很快揪住了其中一个人的衣领，因为是在蜿蜒、坎坷的田埂路上，李铁军还没把他抓牢，他就使劲地挣脱开来，没命地跳下前面一口几近干涸的池塘。李铁军也跟着跳，伸出手抓住了他，那人往前俯冲时从池塘里顺手摸起一块石头，反身朝李铁军的手上狠狠砸去。疼痛使李铁军不由得松开了手，那人爬上池塘，朝前面漆黑一团的田野跑去。李铁军跟着爬上池塘，无奈受伤的手使不上劲，眼看嫌疑人就要消失在黑暗里了，不得不拔出手枪，朝天鸣枪警告，可是那人继续跑，他只好再开了一枪，击中对方的小腿。这时吴志坚冲上来，把倒地的嫌疑人抓住，李铁军和他一起从地上扶起嫌疑人。听到枪声的吴荣辉和林学勤赶过来增援，李铁军和吴志坚已扶着受伤的嫌疑人走过来，因为要送嫌疑人就医，让最后一名嫌疑人逃脱了，不过几天后他就被刑警队从其老家抓获归案。此时天色未亮，看看时间是4点45分。从接报警到人赃俱获，李铁军他们只用了二十分钟，如此神速，令那三个嫌疑人非常诧异和沮丧，嘴里嘟哝着问道："你们福建都用解放军抓人吗？"李铁军含笑告诉他们说："我们是'漳州110'。"

1996年3月4日下午1点半，“漳州110”接到报警，北京路一间服装店液化气泄漏，有人员被困，情况十分危急。三分钟后，李铁军带着队员赶到现场，闻到空气中一股浓烈的液化气味，周围聚集着许多凑热闹的群众。李铁军观察了一下地形，服装店是上下两层，一层的铝合金卷帘门关得严严实实，二层的窗户也紧闭着，周围一片连绵的民房，如果液化气爆炸，后果不堪设想，眼下救人要紧。他一脚踹开铝合金卷帘门，一股煤气臭味扑鼻而来，他让民警涂志浩在外面维持秩序、劝离围观的群众，自己带着苏传龙冲了进去。服装店里一团漆黑，两个人摸黑往前走，四处找不到液化气罐，只一会儿，他们就被液化气呛得快要窒息了，不得不跑出来换几口气，向周围的店铺借了一把应急灯，举着灯又冲进液化气味弥漫的店里，顺着楼梯爬到二楼，可是门锁着，打不开，他们只好又退了出来，从邻居家的二楼翻墙进去。李铁军举着应急灯走在前面，借着灯光看到角落里的一只液化气罐，床上倒着一个不省人事的妇女。他们赶紧关掉液化气阀门，打开窗户通风透气，然后把那个妇女抬下楼，紧急送往医院抢救……

李铁军在“漳州110”工作了十年，漳州市区的大街小巷都曾留下他日夜巡逻的身影，他每三天要值一次24小时的班，从没休过一个完整的假期，甚至连续八个春节都没休过假，加班熬夜对他来说是家常便饭。

李铁军的妻子张红是江苏人，在漳州东郊的解放军第175医院（现更名为909医院）当护士。到了“漳州110”之后，李铁军才知道什么叫作苦，什么叫作累，什么叫作责任，什么叫作使命，这让他常常感觉愧对妻子；而作为警嫂，张红对“漳州110”光环后面的艰辛深有感触，她也特别理解和支持李铁军的工作。李铁军是独子，父亲患有糖尿病、肾结石、低血压等多种病症，母亲也是几十年冠心病的老病号，时常心绞痛，家里因此常年备足氧气，以供急用。张红在医院手术室工作，面对一个个急需手术治疗的病人，不能有丝毫马虎和差错，有时配合医生做一台手术，一站就是七八个小时。家庭和工作的重担，时常让她觉得力不从心，真心希望丈夫能为自己分担一些。可是随着“漳州110”知名度越来越大，李铁军的工作越来越忙，也正因为李铁军工作又忙又累，两人直到婚后第四年才要了孩子。在妻子怀孕妊娠反应剧烈的时候，李铁军正带领新入队民警在驻漳部队营地进行封闭式强化训练，整整二十几天，与新民警同吃同住同训练，对妻子的牵挂和即将为人父的激动，都只能靠超强度的训练来缓解。

1996年6月下旬，孩子因感冒引发肺炎，体温直蹿40度。李铁军不在家，张红只好和老人一起把孩子送到医院急诊住院。孩子小，输液时必须有人看着，两位老人身体都不好，张红便通宵照顾孩子，实在困得不行了，也只能打个盹。孩子住了十几天的医院，她一连十几天都没回家。其间李铁军来看过几次孩子，每次都坐不长，传呼机、对讲机一直响，两三分钟就急匆匆走了。有一次，李铁军中午12点半突然到了医院，此时张红两天两夜几乎没合过眼了，原以为李铁军是来接替她的，要不多待一会儿也好，谁知李铁军却是来向她告别的，当天下午他有紧急公务要去外地出差，几天后才能回来。张红只能强忍委屈，无奈地说："你安心出差吧，这里有我呢。"李铁军看着疲惫不堪的妻子，既愧疚又心疼，他握着妻子的手说："你辛苦了，我回来就来看你。"他看了看入睡的孩子，果断转身，赶着去救火一样地走了。

两人婚后六年，因为李铁军工作繁忙，张红一直都没回过江苏老家。这一年5月，张红和李铁军决定无论如何要带孩子回去一趟。提前买好了车票，可是到了出发前一天，李铁军因为有紧急任务，还是走不了。李铁军只能对妻子说，没办法，我实在走不开。张红说，那好吧，我自己能行。她实在太想念家里的父母，而父母也特别想看看还没见过面的外孙，便自己抱着幼小的孩子，带着大包小包的行李登上了列车。从漳州站坐普快到南京站，漫长的旅途，加上照顾不满周岁的孩子，张红已累得不行，到南京站时，天上又下起了倾盆大雨。她抱着孩子，看着一大堆行李，一种无助的感觉涌上心头，要是此时铁军能够在身边该有多好啊，可是她也知道丈夫的职责和使命，做个警嫂不容易，必须独立坚强。张红费劲地把一大堆行李连拖带拉地弄下了车，等她出了车站才发现，其中一件比较重要的行李不知是掉了还是被人拎走了，不由得叹了一口气。那天晚上她和李铁军通电话的时候，说起丢行李的事，李铁军在电话那头沉默了很久，平时他没少讲“漳州110”民警在漳州火车站帮助外地人的故事，自己堂堂一个男子汉大丈夫，抓歹徒、救群众，可是妻子遇到困难的时候，自己却是“爱莫能助”，他感觉到一种深深的内疚，只有更加努力地工作，这样可以帮助更多的人，令他觉得“舍小家为大家”还是很有价值的。

1996年9月，在上级组织的关怀下，郭韶翔前往中国人民公安大学英模班深造。“漳州110”的接力棒传到了李铁军手里，他感觉到一种巨大的压力，他说：“手握‘漳州110’的接力棒，感到无比的光荣，就像接力比赛中的队员，只有把属于自己的那份责任担当起来，才能无愧于前人和后人。”其实，这并不真是运动场上一次奔跑的接力，而是一种荣光的传承、一种责任的担当，如何带领队伍从新的起点上向前更好更快地前进？上级的期待，全社会的目光，令李铁军感觉到肩上的担子沉甸甸的。几度风雨几度春秋，此时的“漳州110”走出了一条坚实的路子，从默默无闻到声名远扬，全社会的镁光灯聚焦而来，这里面有赞誉，也有监督。李铁军上任后独自在办公室坐了许久，他清醒地意识到，成绩只属于过去，如果陶醉于赞扬声中，从而滋生骄傲自满情绪，便如逆水行舟，不进则退。这支光荣的队伍必须要百尺竿头更进一步，只有这样才能无愧于时代的召唤和人民的期望。他既要做好铁军自己，也要带好“漳州110”这支“铁军”。

李铁军团结班子成员尤进明、康来勇、张志民、李海庆，积极谋划发展方向，在全体民警面前提出“向我看齐”

的口号，组织开展“荣誉面前找差距，赞扬声中查不足，开拓进取创佳绩”的大学习大讨论活动。“走出去请进来”，组织民警到厦门驻军“鼓浪屿好八连”“全国先进基层党组织”永春县梅岭村党支部等先进单位学习取经，到漳州驻军“济南二团”体验部队的军事生活，先后请三位老红军到队里做革命传统报告。活动整整持续了三个月，民警们开阔了视野、坚定了理想信念，李铁军欣喜地看到，每个队员积极进取的潜能也被激发了。

1996年10月，李铁军感觉到时机成熟了，这也是时代的要求，原地踏步就是后退嘛，原来的一级出警模式已经不适应实际需要，应该把一级接处警变为二级接处警，变静态管理为动态管理。在上级的支持和伙伴们的配合下，“漳州110”开始实施新的警务机制改革方案：屯警街面，把漳州市区划分为三大片区五个警区，110报警服务台为指挥调度中心，大队下设办公室和四个中队，分为15个警组，实行“四班三运转”的勤务模式，把百分之八十的警力投入巡逻接处警，没有报警时各警组就在警区内巡逻，一有报警就近接警，需要时附近警区各警组可以全力增援。原来的静态报警变为动态报警，使接处警模式更合理、更科学了。李铁军这种“立足大治安、服务大市场”的工作思路，使新的警务变革得以顺利进行，“110”变得更快更灵了，队员不像过去那样疲于奔命，反而更具活力与威力。

10月10日上午9点20分，一名妇女在市政府大门口附近摔伤，邮电局警区接到报警后，民警吴志坚、王丰盛、蔡志毅、胡俊贤仅仅一分钟就赶到了现场，救起受伤的妇女。当天下午4点10分，该警区又接警后两分钟内赶到漳州大桥，抓获一个伤害他人的嫌疑人。10月12日凌晨2点10分，农垦警区值班民警陈志鸣、戴志民、阮宏斌、沈建福等接报警后快速反应，仅仅用了三分钟便抓获抢劫三轮车工的嫌疑人叶某。新模式产生新效能，实施新模式的当月，“漳州110”共接报警883次，巡逻发现18起，其中刑事案件48起，治安案件196起，交通事故20起，群众求助480起，制止、抓获各类现行违法犯罪行为102起159人。1997年1月11日凌晨2点45分，漳州市区华侨饭店发生一起凶杀案，“漳州110”路面警组接到总台的指令后，仅仅两分钟之内就赶到现场，当场抓捕了正准备逃跑的犯罪嫌疑人林某。

李铁军说：“‘110’工作让我深刻体会到‘人民满

意’四个字的分量。”人民满意不满意，这正是衡量公安工作的最高标准。李铁军把警务工作和安全文明小区建设相结合，设立了小区邻里警岗，为小区内的居民提供便民利民服务，并规定每个民警走访百名群众，调解邻里纠纷，同时还协助派出所为小区居民办理户口登记变更等服务。自从小区邻里警岗设立之后，各类案件明显减少。

如何变热情服务为精准服务、高效服务，让人民群众更加满意，李铁军一直在思考和探索。1997年冬季的一天，李铁军下警区时，偶然看到路边竖着一块团市委“青年志愿者联络站”的牌子，心里模糊的一个念头突然变得清晰了。“漳州110”时常接到人民群众的求助报警，像开锁、修车、家电维修等这类政府职能部门解决不了，而又是人民群众日常生活中急需解决的小项目服务，如果能够与青年志愿者活动结合起来，为民服务不就更全面、更有效了吗？而这还可以分流一些非警务报警，让有限的警力更好地发挥作用。

经过一番调查和深思熟虑，李铁军起草了《关于“110社会服务联动机制”的设想和思路》，以报告的形式提交给上级组织。在上级组织的全力支持下，李铁军带领民警主动走访相关的窗口单位，跟他们广泛地交流、反复地磋商，酝酿形成“110社会服务联动机制”。

1998年1月24日，漳州市委、市政府下发了《关于建立110社会服务联合行动机制的通知》。为加强各联动单位的协调配合，确保110社会服务联动机制正常运作，市委、市政府还成立了“110社会联动工作领导小组”，下设办公室，挂靠市文明办，负责日常管理、协调，接受投诉和监督。到了1998年6月，联动部门由7个增加到14个，逐渐走上规范化、制度化的发展轨道。

李铁军在“漳州110”的将近十年时间里，力推两次重大的警务机制改革。这期间，漳州城区增扩了一个龙文区，社会治安形势也有了新的变化，而他带领110警队始终屹立潮头，奋楫前行。“漳州110”在1997年11月26日被国务院授予“人民的110”光荣称号，他本人也先后获得全国优秀人民警察、全国特级优秀人民警察、中国青年五四奖章、中国优秀青年卫士等荣誉和表彰。他在不同场合总是非常谦逊地说：“说实话，获得这么多荣誉，不是由于我做得非常出色，而是我生活、成长在一个英雄而又光荣的集体中。”

“漳州110”这支铁军在李铁军的带领下跨入了新世纪，始终不渝地展示着“人民的保护神”风采。

志在为民

张志民1990年从福建省人民警察学校毕业，分配到漳州市公安局治安科工作，一年左右被调到了芝山派出所。一些同学为他觉得惋惜，怎么从市直机关调到基层了？张志民却挺开心的。他1969年出生于城郊一个贫困农民家庭，家里兄弟姐妹多，生活困难。他从小很懂事，“穷人的孩子早当家”，一边读书一边帮父母亲做事。邻里老人家提个水、劈个柴什么的，他也常常帮忙，这就养成了他吃苦耐劳、乐于助人的品质。在基层可以做的事情更多，直接面对老百姓，每天有做不完的事，日子过得更充实，他很喜欢。1993年5月，张志民调进了“漳州110”，这是他向往的警队，那时“漳州110”在社会上已经有了不小的名气，但是工作特别辛苦，打击犯罪、服务百姓，什么事都做，他也是知道的，他就是想来多做一点事。

就在张志民加入“漳州110”不久，当月29日他便参加了一次惊心动魄的围捕活动。两个持枪犯罪嫌疑人被警方围困在圆山上，负隅顽抗不愿投降，对峙了一阵子之后，嫌疑人突然开了几枪，然后掉头逃窜。张志民发现其中一人躲进了一座狭小阴暗的土房里，他先将同伴拉到安全的墙角，独自一人冲进去，饿虎扑食般将嫌疑人摁倒在地。像这样的危急时刻，张志民总是冲锋在前，把危险留给自己，把安全留给战友和群众。

有一次，“漳州110”接到报警，有个混黑道的刑满释放人员在市区元光北路某小酒店策划一起报复行凶案，张志民带领民警赶往现场，经过一番侦查，判断那个刑释人员就躲在二楼某个房间里，他让同伴向旁边方向埋伏，自己就站在对方最有可能逃窜的门口，这无疑是最危险的位置。里面似乎有了一阵动静，张志民先发制人，猛地撞开门，迅速把对方扑倒，夺下他手上的凶器。这时同伴也冲了进来，一起把那人制服了。当那人被民警从地上铐起来时，大家不由得吁了口气，这家伙竟然比张志民高出整整一个头，身强力壮的，可是再大的块头还是瞬间就被张志民扑倒了。在张志民并不高大的身躯里，似乎蕴藏着一种巨大的能量。还有一次，龙文区南环路一家制罐公司门口，邻近两个村的村民因为自行车相撞引发争执，双方纠集上百个村民手持铁管、棍棒，相互对峙，一场血腥械斗一触即发。“漳州110”接警后，张志民带着值班民警火速赶到现场，当时双方情绪都非常激动，现场的气氛就像点燃的油桶一样随时可能爆炸。张志民不顾危险，走到双方面前，苦口婆心地劝解，说冤家宜解不宜结，说械斗的危害和法律的尊严，他临危不惧的面容、义正词严的语气，在现场还是很有震慑作用的，使得双方不敢轻举妄动，彼此的对抗情绪也有所缓和，经过一番细致耐心的思想工作，双方最终各自散去，一场流血事件得以避免。

1994年6月10日上午，“漳州110”接到报警，有个学生模样的人从战备大桥跳入九龙江。人命关天，队长郭韶翔带着张志民、张忠伟迅速赶往现场。来到桥上，看到跳水者在水里沉浮，情况十分紧急。郭韶翔跳入波涛汹涌的江中，张志民也紧跟着跳下去。跳水轻生的少年是永定县一个中学生，因为厌学受到家长责骂，离家出走，来到漳州之后，钱花光了，人也感冒了，万念俱灰跳入九龙江。他落水后唤起了求生本能，幸好有群众及时报警。其时正值农历五月，前几天还下了几场大暴雨，九龙江水位猛涨，混浊的江水打着漩涡，湍急地向下奔流。郭韶翔和张志民不顾风大浪急，奋力地向江中那个一沉一浮的学生游去。那学生看起来像是个小黑点，似乎伸手就可以触摸到，其实还有一段距离。两个警察因为游得快，不时有浊黄的江水呛入口中，咽进肚子里，他们仍旧不顾一切地向小黑点游去。那学生在激流中拼命挣扎，头部浮出水面，两只手胡乱地拍打着，嘴里发出微弱而恐惧的呼救。郭韶翔和张志民游到了他身边，一边安慰他，一边相互配合，两个人一前一后地把他托出水面，推送到岸上。郭韶翔和张志民累得喘不过气来，但他们丝毫不敢松懈，立即对落水学生进行人工呼吸，看到他缓过气来了，立即抬到车上送往医院抢救。一条年轻的生命被“漳州110”从死亡的边缘拉了回来，围观的群众感叹说，好险啊，要是警察慢几分钟到，或者不是勇敢地跳入水中，学生肯定就被江水冲走了。

对于张志民来说，当时跳入江中是毫不犹豫的，救人啊，时间就是生命。还有一次报警，是一个老人掉落新华西路五米多深的防汛沟里，张志民赶到现场后，看到沟里黑乎乎的，散发着一股臭味，他向周边群众借来一架梯子，身手敏捷地下到沟里，又把老人背了起来，踩着梯子一口气背到路面上，安抚了惊魂未定的老人，又把他护送回家。救人于危难，他从不犹豫，总是迅速果断，干脆利落。

1995年4月的一天，张志民和伙伴一起徒步巡逻，走到商业大楼附近时，看到一个手掩着脸、鼻孔流血的中年男子朝他们走来，说他是个三轮车工，刚刚被几个游手好闲的“少年家”抢了钱，还挨了打，他用手指了指他们往前跑的方向。张志民撒腿就往前追去，那几个“少年家”一哄而散，他紧追不舍，抓住了其中一人，带回了岗亭。那“少年家”从口袋里掏出200元钱，张志民冷冷地看着他，一言不发。他以为钱少又要再掏，这下把张志民激怒了。他大声呵斥说：“告诉你，为了钱，我不会来当警察！”“求你放过我，我会报答你。”对方又央求说。张志民正色地说：“别试图收买警察，警察的职责，钱是收买不了的。”面对一身正气的警察，对方蔫了，张志民随即把他移交给辖区派出所处理。

其实，在现实生活里，张志民经济并不宽裕，家里还是很缺钱用的。他平时非常俭朴，一件褪色的黄西装一穿就是五六年，牙刷用旧了也舍不得换，但是他一身正气，两袖清风，在扶贫助弱、爱心捐困方面却从不小气，每次捐款他在所属的中队里总是最多的。出警时遇到一些外地民工、老弱病残者求助，他总是二话不说，自掏腰包就给他们买吃的喝的，还给他们买汽车票、火车票。

因为工作认真、作风优良，张志民加入“漳州110”不到三年就被任命为中队长。在管理队伍中，张志民以身作则、身先士卒，他坚持每天打扫办公室、走廊和卫生间，总不闲着，训练中带头吃苦，练定型一站就是两三个小时，脚都站肿了，从不吭一声，而看到有的队员因为出警没来得及洗的碗筷，他总是默默地帮忙洗了。队员们都感觉他就像一个贴心的大哥，他常常说：“兄弟们，会干的跟我一起干，不会干的学着我干，大家一条心，一定能够把工作干好。”

1996年5月，张志民的爱人被送到医院分娩，他却出警了，医生找不到配偶签字，不悦地对产妇说：“你爱人干什么的？太不像话了。”张志民出完警，火急火燎地跑到产房门前，满头大汗也顾不上擦，听说母子平安，这才不由得松了口气。医生知道了他的身份之后，倒是理解了。他们“110”的人都是这样，舍小家顾大家，不是口号，而是实实在在的行动。

中队长没当多久，张志民又被委以重任，提升为副大队长。职务变了，对他来说更是一种鞭策。1996年9月15日，芗城区石亭镇发生一起凶杀案，张志民第一时间带领民警林建、林海、杨盛金赶赴案发地，认真做好前期处置工作，不放过现场任何一个疑点，积极协助刑警开展调查，使这起芗城区1996年发生的第一起凶杀案在14小时内就被迅速侦破了。

1997年6月，一个女孩子来到“漳州110”报警服务台，值班的张志民看到她神色无助、泪水涟涟，便关切地询问她需要什么帮助。这个女孩子说她想要寻找亲生父亲。原来她叫作廖海华，父亲叫作廖广东，出生于漳州，十几年前她生母把年幼的她带到了连城县乡下，与当地一个村民共同生活，并把她改姓陈，但是几年后生母就将她抛弃跟别的男人跑了。现在她渐渐长大，生活无着，从连城来到漳州，希望警察能够帮助她找到亲生父亲。张志民非常同情这个女孩子的不幸遭遇，心想困难再大也要帮她找到亲人。可是漳州这么大，找个人谈何容易？而且时间过了十多年，女孩子的父母都是从外地来漳州打工，当时工厂、街道、派出所都没有使用电脑，留存的材料记录很少，张志民不厌其烦地翻找旧的档案，多方查寻联系，光是长途电话就不知打了多少次。功夫不负有心人，张志民几经周折，终于打听到女孩子的生父已回到老家，立即打电话跟他取得联系。第二天，张志民和伙伴带上女孩子，驱车一千多公里来到江西省石城县，让女孩子和生父团聚。这对父女久别之后的欢聚情景，让张志民看了也感动不已，自己的辛苦能够换来别人的幸福，这是值得的。

1998年8月，张志民被选送到中国人民公安大学英模班学习。到了学校，张志民把“漳州110”的好作风带来了，他每天清晨全班第一个起床，把楼道卫生打扫得干干净净，内务卫生评比总是第一名。在学习上，他认真听课，每天学习到深夜，做了几万字的读书笔记。他特别珍惜这次学习的机会，觉得应该努力提升自我，回到工作岗位中才能把工作做得更好。选修哲学课他提交了一篇期末论文《如何实现人生价值》，他用朴素的文字写道：人的价值在于奉献，我们“漳州110”所做的一切，正是人生价值的积累。当巡警很苦很累，正是有了这种苦和累，才有了为人民服务的其乐无穷。

1999年2月，张志民从中国人民公安大学放寒假回到漳州，他已经脱产学习了，不用到“漳州110”上班，但他顾不上休息，第二天一早就来到了报警服务台。伙伴们说，你怎么不在家里待着？现在身份不一样了，英模大学生啊。张志民憨厚地笑着说：“我还是‘110’一员啊。”大家说说笑笑，其乐融融。

翌日，张志民照样像上班一样准时来到办公室，听说了这么一件事：前些天，“漳州110”接到群众报警，说是旧桥煤场水沟里发现一个昏迷不醒的男子，民警赶往现场后，迅速将人送往漳州市中医院救治。经医生诊断，该男子严重营养不良，患肺炎、败血症等，经过医院全力抢救，脱离了生命危险，但是身体还非常虚弱。民警询问得知，此人叫作谢顺安，30岁，江西省萍乡人，到漳州找不到工作，生活无着，挨饿多天后昏倒。漳州“110社会服务联动机制”运转以来一直很有成效，市联动办多次催促病人家属派人前来漳州接人，但是对方都没有回音。看到年关将至，市联动办跟“漳州110”、漳州市民政局和漳州市中医院三家联动单位协调，决定派一名警察、一名护士和一名民政人员把谢顺安送回江西老家。张志民在办公室听说这件事后，立即主动要求说，让我去吧。领导开始不同意，说你是回来休假的。张志民说，年底了，大家工作都这么辛苦，我没别的事，让我去吧，保证完成任务。看到他态度这么积极主动，领导最后还是同意了。

2月5日中午，张志民提前来到市中医院，跟漳州市收容遣送站科长纪华灿、中医院司机汤许明和两个医护人员一起把病人抬上车，救护车上了高速公路，往福州方向驶去。下午3点半左右，救护车行驶到泉州境内，突然听到“嘭”的一声巨响，车子震晃了一下，富有驾驶经验的汤许明知道是轮胎爆胎了，他没有急刹车，而是向右侧缓慢滑行了一段距离，终于把车安全地停靠在应急车道上。除了病人谢顺安，大家都下了车，司机汤许明和纪华灿一起卸轮胎，张志民看到车流量不小，来车都没有减速，这样很不安全，必须有个人在现场指挥一下。他立即走到车后，抬起手臂，用着专业的手势指挥驶来的车辆。张志民身着警服，挺直胸膛，在他的警示指挥下，驶来的车子纷纷减速，一辆接一辆安全地通过了。抢修的两个人卸下了爆破的左后轮胎，准备换上备用胎，再过几分钟就大功告成了。就在这时候，一辆飞驰而来的三菱吉普车没有减速，径直朝着正在指挥交通的张志民撞了上去，“嘭”的一声，他被撞出数米远，顿时鲜血喷涌。这辆疯狂的吉普车又快速撞上正在装轮胎的汤许明和纪华灿，两个人倒在了血泊中……

张志民、汤许明、纪华灿三个人牺牲的消息传到漳州，全社会为之震动。在“漳州110”，伙伴们为张志民的牺牲满怀悲怆，他本来可以不去的，是他主动请缨，为了工作献出了自己年仅29岁的生命。

张志民，当初父母给他起名时也许没什么特别用意，但他却用自己年轻的生命践行了“志在为民”的初心使命。张志民牺牲时，他儿子张钊还不到3岁，还不明白父亲发生了什么事，之后好多年里，有人说起父亲，他总是说“我爸爸在北京读书”。“漳州110”的伯伯叔叔们都把他当作自己的孩子一样，关怀备至。他渐渐长大了，然而父亲的形象一直很模糊，直到高考前夕他放弃艺考，考进了福建警察学院——这是当年福建省人民警察学校更名而来的，正是父亲的母校。二十几年后他跟父亲成了校友，这时父亲的形象才开始在他心中渐渐变得清晰起来：父亲是一名警察，一名“漳州110”的警察。他说：“我感觉父亲的形象慢慢地渐变清晰，我可以离他越来越近，看到了一点他的样子。”2019年大学毕业后，张钊考进了三明市泰宁县公安局，正式成为一名警察。父亲是“漳州110”的第一位烈士，而自己不仅是父亲的孩子，也是“漳州110”的孩子，在远离家乡的地方，他要努力工作，做一名像父亲、像“漳州110”那样的优秀警察。

没有最佳只有更佳

漳州市中山公园位于市中心，是老年人最喜欢的休闲、健身的娱乐场所，每天从早到晚都有很旺的人气。2002年10月9日晚上9点多，这里还有很多人在散步、坐着闲聊，突然从南门方向跑来一个“武疯子”，手上挥着一把锋利的杀猪刀，嘴里声嘶力竭地喊叫着。这是一个住在附近老街区的精神分裂症患者，这天发病了，手持利刃，窜进公园逢人就砍。人们惊恐万状地四处逃散，有人被砍伤，有人报警……

“漳州110”的警察接警后三分钟到达了现场，此时这个“武疯子”情绪已经失控，面对警察依旧挥舞着手中的刀。警察厉声喝令：“把刀放下！把刀放下！”但是“武疯子”像是被激怒的公牛，哇哇叫着横冲直撞……

就在这危急关头，只见一个身着便衣的精壮汉子冲上前来，向旁边的人大喊一声：“快闪开，让我来！”他猛冲上去，以娴熟的擒拿术一脚将“武疯子”踹倒，在其他民警的帮助下，死死地将对方压在地上，但是“武疯子”年轻气盛，仍旧抡着杀猪刀挣扎，这个汉子健步上前，屈膝俯身按住他持刀的手腕，在夺刀时，左手掌、腕部被砍伤一个约十几厘米长的大口子，右手虎口也被划伤一个口子，顿时鲜血如注，他强忍伤痛将对方的刀子夺下。“武疯子”最终被制服，后来被送往福康医院强制隔离治疗。

这个徒手夺刀的汉子就是“漳州110”大队长许佳，当时他正在家里休息，闻讯赶到现场，面对疯狂的利刃，毫不犹豫地冲上前去。送到漳州市医院后，许佳的伤口被缝了20余针，这个伤口多年后还时常隐隐地作痛。

“让我来！”面对各种危难险情，这是许佳面无惧色、果断坚定的声音，也是他作为一名大队长铿锵有力的豪言。

1999年7月，许佳被任命为“漳州110”第三任大队长。在跨入新世纪之际，“漳州110”已经是全国公安战线的一面旗帜，但是在新形势下，如何进一步创新机制，建立更加有效更加快速的勤务模式？可谓路曼曼其修远兮。许佳此时就任大队长，感觉到肩膀上的担子特别重，自己必须始终保持忠诚，敢于担当，以“功成不必在我”的精神境界和“功成必定有我”的历史担当，埋头苦干、真抓实干、勤勉敬业、履职尽责，方能挑起“大队长”这个沉甸甸的担子。“民警看中队长，中队长看大队长，一级做给一级看，队伍的正气就起来了。”这是许佳经常说的，也是他时时刻刻坚持做的。他积极探索改革勤务运行机制和创新队伍管理的新思路、新举措，先后修订和完善了《岗位考评实施细则》《思想政治工作实施细则》《考勤制度》《班前会程序》《请求报告制度》等20余项规章制度，建立“点、线、面”结合的立体化巡防机制，设立了“青年志愿者为民服务网络”“酒精中毒救治服务中心”等行之有效的为民服务组织。2000年，“漳州110”指挥中心建成，原来设在芗城区公安局的“漳州110”转属漳州市公安局，这不仅仅是规格的提升，也是整个快速反应机制的一次突飞猛进。

打击犯罪、服务百姓，如何更快一秒？许佳在工作中发现民警接警后可以迅速抵达现场，再远的小区，五分钟也到了，可是，很多时候明明已经到了小区里面，因为楼栋编号的不连贯，具体几号楼处于什么位置，有时要白白耗费不少时间，这让民警们又焦急又无奈，如何解决这“最后的一百米”？许佳想了很久，这真是一个棘手的难题，没有更好的办法，只有用最笨的办法。许佳带领队员们一趟趟地跑，到每一个小区里摸底，手工画出警区图，把小区出入口、楼号、楼层标注清楚，人手一份，时时刻刻默记在心。“漳州110”的警察一个个转型为画师，把漳州市近千个住宅小区楼房图全都画出来，他们感觉要是不这么做，真的可能会在“最后的一百米”耽误时间，比如东岳新村的29号楼，它居然是在46号楼的后面，这如果没有提前了解，岂不是误事？他们硬是用这样的笨办法，做到了在接警的第一时间，迅速判断出几号楼在哪个位置，从小区哪个门进入更快一些。就是为了更快，哪怕只是更快一秒，许佳和他的队员付出了十分的努力。对速度的追求，他们真的是做到了极致。2004年5月，许佳荣膺“全国十大杰出青年岗位能手”称号，这是共青团中央、劳动和社会保障部联合评选的荣誉称号，各行各业最优秀的青年才有可能获此殊荣，许佳作为公安巡警标杆的“漳州110”领头雁，以身作则带好队伍，创新机制提升警务效能，光荣地跻身荣誉之列。

2004年3月31日深夜，漳州市区下着大雨，四个龙海人开车准备回家，因为路况不熟和视线不好，车子翻进了泗洲河，这是市区的一条内河，当时尚未治理，水流污浊，河底里满是淤泥。接警后的“漳州110”警察三分钟赶到了现场，只见在暴雨冲刷下，泗洲河水流湍急，水面上冒出一堆堆白色泡沫，夹杂着各种各样的垃圾，不断地往上涨着，一辆汽车四只轮子朝天浮动着，车体已沉入混浊的河里。

“车上有人，他们都没出来。”报警的群众站在河岸边向民警说。最先到达现场的民警一边呼叫增援，一边下水救人。赖颂来、谢添泉、叶青松等民警一下水才发现河水到了胸口，河里的淤泥没过膝盖，像是一只魔盘一样紧紧吸住双脚，每走一步都像是灌了铅一样沉重，尤为难受的是，河底泛起的黑色淤泥渣不断地从嘴巴下面散开，发出阵阵令人作呕的味道。几个警察艰难地走到了四脚朝天的汽车旁边，摸到了车门，可是打不开，一起试着抬起车身，根本抬不动，那车体内灌满了河水，重得像一块生铁，而且被淤泥吸附住，越发显得重了。

时间就是生命，多一分钟就多一分危险，就在这千钧一发之际，许佳带着中队长吴荣辉等人赶来增援了。许佳二话不说，立即跳到了泗洲河里，这时雨越下越大，水越涨越高，河水快要没到了脖子，令人呼吸困难。许佳奋力地走到大家面前，用激励的眼光看着大家说：“我们拧成一股绳，加一把劲，继续来。”在大雨滂沱中，警察们冒雨站在污臭难闻的水里，一起往上抬着车身，这是与死神赛跑，只要往上抬起了哪怕一寸，就有了一点希望。许佳喘着气，脑子里灵光一闪，车头发动机位置较重，相比车尾沉得深。沉下去的车头，使车尾部略微上翘，那里可能还存在一些空气，如果有人还有生命体征，应该是在车尾部。他对吴荣辉说：“来，我们把车后窗撬开。”吴荣辉找来了一根撬棍，许佳不顾河水污臭，潜下水面，从玻璃缝中插入撬棍，使劲地撬动了几下，玻璃碎开了，他的手被碎玻璃划破了，只觉得一阵钻心的痛。救人要紧！许佳和吴荣辉伸手在车身里摸索着，极力地往里面抻长着，真恨不得自己的手变长一点。总算摸到了一条腿，两个人合力把这条腿往外拉，从车窗拖到了车外，可惜这个人没有了生命体征。许佳没有歇一口气，继续伸手在车里摸索。突然，有一只手紧紧捏住了他的手，他一阵欣喜，这个人还活着！许佳和吴荣辉紧紧抓住这个人的手，一点一点地把他从车窗里拉了出来，他喘着气，身子软成一团泥似的，旁边的警察立即把他抱到河岸上，急速送到河对面的漳州市中医院急救，他才终于脱离了生命危险。

许佳和他的队员们继续在车里搜索，只要有一丝希望，他们就不会放弃。搜索到了深夜1点多，雨渐渐小了，车上的人全部找到了，可惜已经不幸遇难。许佳看着被玻璃划伤的手，心里很惋惜。他们全身又湿又臭，回到家里都是后半夜了。

在许佳的带领下，“漳州110”在改革中创新，在创新中发展，每年都被团中央和公安部授予“全国青年文明号”荣誉称号，还先后获得“全国公安系统人民满意基层单位”“福建省人民满意的公务员集体”“全国精神文明创建工作先进单位”“全国五四红旗团支部”等等荣誉称号。

许佳离开“漳州110”之后，经历了诏安县公安局长等岗位的锻炼，曾任漳州市公安局党委委员、副局长，现在担任漳州市公安局党委副书记、常务副局长，他在“漳州110”事迹展览馆的留言墙写了这样的感言：“漳州110”锤炼了我，锻造了我，为自己曾经是“110”一员而自豪！这也正是他的心声，在工作中他总是自称“漳州110”老队员，把“漳州110”精神带到了不同的岗位上。有一次，“漳州110”组织献血活动，他也赶过去参加，他说，我是“110”老队员。这些年来，许佳不仅把“漳州110”精神带到了不同的岗位，也带出了国门。

2019年11月11日，受公安部和福建省公安厅委派，许佳担任中国首批赴非警务顾问组组长，带领福建警察学院、上海市公安局等单位警察组成的顾问组，千里迢迢飞往中非共和国开展为期73天的警务交流活动。2018年中非合作论坛北京峰会以来，中国和中非在农业、卫生和安全领域经验交流、务实合作不断加强，中国公安部向中非内政公安部派警务顾问组是两国安全合作的重要组成部分，也是中国公安外交的新篇章。许佳代表了中国公安部，也代表了“漳州110”。此次的中非之行，许佳带领顾问组跟中非内政公安部部长、警察总监和宪兵司令保持密切沟通，分享中国社会治理经验，同时也实地考察了中非的普通社区、走访了援中非医疗队、中资企业驻地，他们肩负着传播理念、展示形象、巩固友谊的任务。许佳为中非警宪做了两期培训，一期4天。培训结束后，中非警宪高层的两个主官迫不及待地把他的法文课件拷了下来，带回去学习。许佳还带来了《人民的保护神》纪录片，组织中资机构人员和旅居华人观看。这些远离祖国的中国人在屏幕上看到了“漳州110”的身影，那一幕幕追捕逃犯、抢险救灾、扶老携幼的画面，还有城市街区的真实镜头，让大家深受感动，感慨万千。“漳州

110”无疑是祖国日新月异变化中的一个缩影，他们在“漳州110”身上看到了祖国的强大。这些海外游子说，为祖国骄傲，为“漳州110”骄傲。

强警铸魂永无止境

1973年1月，陈伟强出生于“龙江风格精神”发祥地——龙海榜山，父母都是农民。他从小体格健壮，爱跑爱跳，在体育方面表现得尤为突出。1993年，陈伟强考上了福建省体育学院，在学校里他刻苦训练，各种体能测试、专业考试都是名列前茅。毕业之后的选择，大部分人是中学体育老师或者某个项目的教练，但是那时候，陈伟强却做起了警察梦，他感觉警察这一职业特别酷，也特别神圣，风驰电掣开着警车，巡逻、破案，除暴安良，他心里对这种生活充满了敬仰和向往。1995年，陈伟强大学毕业，正好“漳州110”在招人，他如愿以偿地当上了警察。

入警的封闭式强化训练，陈伟强非常适应和胜任，他强壮敏捷的身体和机智灵敏的反应，使他很快在新队员中脱颖而出。有一天，陈伟强下班经过大队长郭韶翔的办公室门口，郭队长把他喊住了，走出来问他说："小陈，你来'110'一段时间了，觉得应该怎么做好一名警察？"陈伟强脱口而出："抓坏人。"郭韶翔说："你说得也没错，警察要抓坏人，但这还是不够的，警察除了抓坏人，更重要的是要想人民之所想，做人民需要的事，只要是群众的困难，就是我们自己的困难，群众的满意才是我们最大的心愿。"陈伟强点了点头，他知道郭队长一直是这么做的，对自己来说，这是标杆，从此之后他对警察的职责有了更深层次的理解，在脑海中奠定了执法为民的思想基础。

不久后的一天，"漳州110"接到群众报警称：一个小孩从漳州市水果批发市场二楼摔了下来。陈伟强和同事三分钟赶到现场，以最快的速度把小孩送往医院抢救，医生说："幸好你们及时送来，晚一分钟这孩子就麻烦了。"陈伟强举手向孩子的母亲敬礼，准备离去，这时那位脸色苍白的母亲泪流满面，紧紧抓住陈伟强的手，洒着泪水说："'110'，谢谢你们，我真不知怎么感谢你们！"陈伟强的手被紧紧抓住不放，他看着面前激动万分的母亲，心里也涌起一阵阵波涛，自己只不过做了一件职责内的事情，却能得到群众的感激和认可，这使他体会到警察这一职业的崇高，也领悟了郭队长谆谆教诲的真正内涵。在那一瞬间，陈伟强强烈地感觉到“漳州110”的事业和荣誉，值得自己为之不懈地奋斗和奉献。

陈伟强在“漳州110”历练成长，多次立功受奖，他心中那个警察梦越来越清晰了。1999年，漳州市公安局巡警支队组建防暴大队，陈伟强被调进了这支铮铮铁骨的新警队，先任副大队长，后任大队长。防暴大队肩负着处置全市群体性、突发性、暴力性事件的重任，陈伟强深感责任重大，使命光荣，这份工作似乎更能施展他硬汉铁警的一面。他坚持以“精、灵、特、快，召之即来，来之能战，战之能胜”为目标，严格管理，严格训练，风里来，雨里去，身体力行培育队伍建设的技能和作风，呕心沥血提升队伍战斗力，成功带出一支“特别能吃苦、特别能战斗、特别能守纪律、特别能奉献”的防暴队伍，几年来，防暴大队共接紧急集合命令180余次，出动警力3220人次，处置突发性事件70余次。

2000年，陈伟强参加全国首届巡警防暴警技能比武大赛。还在福建体育学院读书的时候，由于经常参加高强度的体育训练，他早已患上严重的胃病，这次集训中老毛病多次发作，他总是带病坚持训练，加班加点，从不间断，从不降低对自己的要求，胃实在痛得不行了，他就把药片含在嘴里，继续训练；手被划破流血了，他就拿些棉絮擦一下，继续训练。每天早晨，他总要比规定的时间提早一个小时起来训练，汗水没有白流，在狙击步枪射击比赛中他夺得了第一名。后来他还连续三届获得全省巡警防暴警技能比武的个人全能冠军。他用实际行动给队员们树立榜样，每年一度的全队民警全封闭式集中训练，是在驻军部队进行的，为期一个月，其训练强度、难度堪称“魔鬼训练”。陈伟强每天跟全体队员一起摸、爬、滚、打、摔，累了一天，晚上还要写工作报告、了解队员思想动态、优化训练教程。几年下来，陈伟强和他的队员总是以优秀成绩完成各种军事训练和体能训练，全体队员的综合素质得到了全面的提高。

当时云霄县是全国闻名的假烟生产地区，上级赋予了防暴大队艰巨的打假任务。从1999年至2001年，陈伟强带领防暴大队赴云霄打假共计60余次。他紧紧围绕着漳州市委、市政府确立的“斩草除根、彻底根治”的打假目标展开工作，经常带领队员忍饥冒寒，白天翻山越岭，夜间睡帐篷。有困难、有危险，他冲在前、干在前、抢在前。有几次攀登时划破了手掌，翻墙时扭伤了脚，但为了完成打假任务，他都是强忍着伤痛，镇定自若地指挥，带着队员冲锋陷阵。几年来，防暴大队在其他警种的配合下，捣毁了制假窝点675处，抓获涉假人员297名，罚没总款近400万元，查获卷烟机、彩印机等制假机械437台（套），冒牌卷烟17158件以及大量制假原材料，有效地遏制了假烟蔓延的势头。

在打假的同时，防暴大队也对云霄各种违法犯罪行为进行严厉打击。1999年12月23日，陈伟强接到群众举报“一名外地少女被非法拘禁”的线索，立即带领防暴队员有部署、有计划地实施解救行动，在火田镇莆中村成功地解救出被拘禁的外地少女田某某。

2001年12月18日凌晨，5名歹徒在国道324线诏安县桥东凤山岭顶路段持刀洗劫大巴，抢走现金19.3万元。陈伟强带领全队民警快速反应，日夜拼搏，不畏艰难，协同各警种开展侦破工作，使“2001.12.18”案件在2002年元旦前夕迅速破获，并顺藤摸瓜，成功带破“2000.6.27”“2001.3.3”两起特大抢劫大巴恶性案件，抓获8名主要犯罪嫌疑人。

2003年元月6日，一伙歹徒绑架了金峰钢板厂林老板的独生子，提出以500万元人民币交换人质的条件。接到报警后，漳州市公安局立即成立专案组，制定解救“1.6”绑架人质方案，并由陈伟强和防暴大队负责解救行动。经过前期大量的摸排工作，陈伟强和队员们兵分五路，乔装成游客、香客、的士司机、乘客等慢慢接近绑匪，以迅雷不及掩耳之势，把绑匪欧阳龙、陈金榜迅速制服，带回市局分开突审。绑匪陈金榜交代了人质的位置，并由其带路，到达藏匿人质的一个大仓库。陈伟强带领队员采用先围后攻，秘密突击的办法，成功制服在此看守的绑匪郑陆逊，将人质安全解救出来，仅用六天时间便成功破获了这起新中国成立以来漳州市涉案金额最大的绑架案。

2005年9月，陈伟强重返“漳州110”，被上级任命为第四任大队长。此时的“漳州110”在前三任大队长的带领下，已经创造了很大的工作业绩，可以说誉满全国。陈伟强既感到光荣，也感到责任重大。他最大的压力是怕工作干不好，怕给“漳州110”这面红旗抹黑，怕不能让“漳州110”再创新佳绩，怕漳州父老乡亲不能更满意。如何有效保持“漳州110”的先进性？如何让“人民的110”这面红旗永远鲜艳、永不褪色？陈伟强决心化压力为动力，他常常和民警同出警、同巡逻、同训练，及时了解掌握民警的思想动态，寻找加强队伍管理建设和思想政治工作的新的切入点，首推民警8小时以外挂钩动态管理制度，在大队进一步制定了《训练中队一日生活条令化具体要求》《提高见警率工作制度》《岗前交接程序规定》《岗前训练规定》《开展辖区走访活动相关规定》等8项新举措，着力于队伍发展的长效机制建设，坚持以规范促管理，以制度做保障，为队伍的规范建设打开了新局面。

有一天，一位新民警主动找陈伟强谈心，他说："现在报警杂七杂八，晚上什么狗叫、猫叫影响休息，也报警让我们去处理，作为一名警察，叫我去抓贼可以，叫我去干再苦再累的活儿我都愿意，但是像这些琐事，我们哪里有办法？我建议以后这种报警我们还是不要出的好！"陈伟强立即想起当年郭韶翔跟他的谈话，当年人手短缺，装备简陋，"漳州110"硬是做出了一番事业，如今装备先进，人员也翻了几番将近一百人了，还不能做到以前可以做到的事吗？陈伟强觉得此类问题的苗头不容忽视，必须从思想上加以引导。他开导新队员说："去！一定要去，有警必接！群众利益无小事！我们的承诺不能丢，我们在建队时提出的'人民的困难就是我们自己的困难，人民的满意就是我们最大的心愿’，这是衡量我们工作的标准。群众既然向我们报警求助，就说明是他们对我们的信任，把我们当作自己的贴心人。只要群众向我们报警，我们就要去，而且要想办法做好，不能伤群众的感情。”这位新民警受到了教育，陈伟强也不失时机地找了许多新队员谈心，讲传统讲职责，让每个人都牢记“漳州110”的初心使命。

为了适应报警量日益增多的新形势，陈伟强通过认真调研，广泛征求意见，保留了原有中队协同配合模式，实行四班四运转模式，将每月的训练课程进行集中统一安排。通过调整和完善，“打、防、治、管”长效机制初步建立了，“漳州110”更快更灵了，仅仅两个月，接处警5083起，接受群众求助3264起，调解纠纷994起，先期处置刑事、治安案件825起，查获违法犯罪案件558起，抓获涉案嫌疑人621人。针对当时街头侵财案件，尤其是盗抢案件多发，陈伟强觉得“漳州110”还要快上加快，他多次召集全体民警开经验交流会、案例分析会，对市区“两抢”案件的多发地点、时间段进行排列、分析，对症下药，研究对策，制定了“信息主导、扎实查控、快速反应、精确打击”的十六字方针。通过采取巡逻盘查与便衣蹲守相结合、正面打击与遏制发案相结合的方式，日常执勤与专项行动相结合等方法，将主要警力、机动力量投向主要发案时段、案件多发地段和城乡接合部，因时、因地、因情灵活采用不同的方法，编织街面巡查的天罗地网。陈伟强还要求民警在巡逻中做到“三不放过”：对接警后赶至现场发现抓获的嫌疑人员，不排除嫌疑不放过；对巡逻盘查中发现的形迹可疑人，身份不查明不放过；对查扣的“三无”摩托车，不查验不放过。短短两个月，大队共查获盗抢案件42起，抓获涉案嫌疑人65人，缴获各类作案工具、管制刀具126把（件），摩托车163辆，自行车52辆，有效遏制了盗抢案件的发案势头。

2006年1月3日晚上11点37分，“漳州110”接到报警：漳州市医院急诊室有人手持液化气瓶，并挟持一名患者为人质，企图引爆液化气瓶自杀。警情重大，林志锋、柯继伟第一时间赶赴现场，并向陈伟强大队长做了汇报。陈伟强立即飞速赶来，只见急诊室里，一名30岁左右的男子左手紧握液化气瓶开关，右手拿着打火机对着液化气瓶出口，身边躺着一个50多岁的妇女，一股浓烈的液化气味道布满了整个急诊室。那个男子对着警察和医生大声地叫喊：“你们不要过来！你们一进门，我马上点火，大家都完蛋！”

陈伟强一边向指挥中心汇报并呼叫增援，一边组织疏散医护人员和围观群众，打开急诊室的门窗，通风透气。现场的气味还是很浓，男子的情绪依旧亢奋。陈伟强通过男子的姐姐林帆（化名）了解到，男子名叫林风（化名），地上那个妇女是姐弟俩的大姨陈英雪（化名）——原来是一家人啊。晚上一家人在某大酒楼一起吃饭，林风和陈英雪因为家庭矛盾发生口角，两人吵了起来，当场被劝住后，各自回家。不知怎的陈英雪回到家后转身又跑到林风家，继续吵架。她本来就有心脏病，一冲动便倒在了地上，林风家人打了120救护车把她送到市医院急诊室。林风越想越气恼，便从家里带了一瓶小罐液化气，来到急诊室准备跟陈英雪同归于尽。

深夜的急诊室弥漫着一股紧张的气氛，陈伟强看到地上的陈英雪脸色苍白，呼吸微弱，而林风手持液化气瓶，跪坐着呼叫着，情绪已经完全失控。据现场医生反映，陈英雪心脏病发作，如果得不到及时救治，会有生命危险，而更危急的情况在于，如果林风失去了理智，引爆手中的液化气瓶，现场的所有人都有危险，那将是不堪设想的灾难。

时间一分一秒地考验着陈伟强，他观察急诊室的布局之后，让一个警组在边门吸引林风的注意力，带另一个警组从正门进入急诊室。林帆跟随进来，好言好语地劝着弟弟，酗酒过度的林风显得非常暴躁，喝令姐姐出去，不然马上点燃液化气瓶。林帆跪下来求他不要冲动，陈伟强觉得事不宜迟，应该采取果断措施，他用眼神示意其他队员，假装上前劝离林帆，就在距离林风大约三米远的地方，说时迟那时快，一个漂亮神速的侧踹将林风踹倒，飞身扑上去把他整个人压在地上，一手像钳子一样紧紧攥住他拿打火机的手。其他的民警见状也扑了上来，将林风手上的液化气瓶夺下，关上阀门转移到安全地带。一场十万火急的危机几分钟内解除了，在场的医护人员全都松了口气，病人陈英雪也得到了及时的救治。

危难关头，陈伟强总是靠前指挥，身先士卒。2006年2月9日下午1点48分，北京路244号突然着火。接警后三分钟，陈伟强便带着队员赶到现场。北京路地处老城区，巷子窄，住户多，周边都是成排的砖土房和土木房，火乘风势，现场浓烟滚滚，情况十分危急。陈伟强一边紧急疏散群众、了解起火原因，一边组织民警迅速配合消防官兵灭火。这时，只听见有人喊道："屋里还有人！"话音刚落，五中队长陈德林二话没说便冲进即将倒塌的房间内，从燃烧的房屋中背出一名年逾八旬的老人；三中队长郑瑞钟怀揣湿布，在呛人的黑烟中，找出被灼烧得发烫的液化气瓶，一口气拎到街面上……经过一个多小时的奋力扑救，凶神恶煞的“火魔”终于被制服。“漳州110”冒着生命危险冲入火场救出八名受困群众，并将四个液化气瓶和部分财物转移，还根据群众提供的一条重要线索，抓获正要趁乱逃跑的纵火嫌疑人王某某，以最短的时间破获这起连烧八间房屋的恶性纵火案。

2006年3月21日，“漳州110”接到群众举报，两名持枪外地男子入住延安北路某宾馆，陈伟强立即带队前往现场，严密布置抓捕方案，以客房服务为由敲开两名嫌疑人入住的917房间，率先冲入房内，以迅雷不及掩耳之势将正在午睡的两名嫌疑人抓获，当场缴获自制手枪一支和其他作案工具。那手枪已经装上五四式子弹一发，就放在枕头边，两名嫌疑人还没明白过来便束手就擒。

2006年5月，第1号强台风“珍珠”袭击漳州，街道上树木被拦腰截断，大街小巷积水成河。面对灾情，陈伟强带领全体民警严阵以待，齐心协力，及时准确地处置了多起相关警情。5月18日，市区待御新村积水一米多深，一些群众被困其中将近一天，生活和出行十分不便。陈伟强带队前往救援，在涨到胸脯一样高的污水里不畏艰难险阻地八进八出，救人、递物、送行、排涝，经过四个多小时的奋战，把受困群众全部解救出来，使他们得到了妥善安置。

2007年11月18日凌晨，七名学生在漳州七中防空洞内玩耍时迷路。“漳州110”接警后，陈伟强立即调集三个警组七名民警火速赶赴现场，在漳州七中附近的田地里步行三公里，遍寻不到防空洞入口。他们万分焦急，更加耐心细致地查找，找了将近一小时总算找到了。走进防空洞才知道，这里面地形复杂、岔口多，而且阴暗潮湿，难怪学生会迷路。陈伟强带着民警仔细搜寻，又经过近一个小时的寻找，才找到七名惊魂未定的学生，上前牵起他们的手，成功地把他们带出了迷宫般的防空洞。

2008年5月4日晚上8点多，一名抢夺嫌疑人为逃避民警的追捕，跳入市区东铺头卫生院旁的河沟中，一头钻入下水道。难得在家休息的陈伟强接到民警报告后，立即赶赴现场。他看到那里的下水道蜿蜒曲折，似乎没有尽头，里面氧气稀薄，可能还散发着沼气等毒气。听中队长汇报有个民警已经进入了下水道，他不由得一惊，先别说毒气危险，单说管道狭窄，万一嫌疑人躲在暗处偷袭，民警防不胜防。陈伟强立即把民警喊出来，当他看到民警爬出来时浑身湿透，又臭又脏，手臂也划伤了，非常心痛。他想，不能再让民警去冒险了，但也不能眼看着嫌疑人出意外。他说，让我来！在恶劣条件下的抓捕经验我比你们丰富，我进去把嫌疑人劝导出来。陈伟强让民警到路面上来，他弯下身爬进了下水道，爬了二十多米，看到那个嫌疑人就躲在一个狭小的空间里。陈伟强对他说，这里气味不好闻，可能还会中毒，你还是上来吧。那嫌疑人看了陈伟强，一动也不动。陈伟强苦口婆心做了二十多分钟的思想工作，他这才一步一步爬过来。陈伟强一把将他托上岸，由地面上的民警控制起来。

2008年12月9日晚上9点35分，两名男子乘坐一辆红色大绵羊摩托车，在瑞京路实施飞车抢夺未遂，拖拽受害人岳女士一百多米后，往东逃窜。“漳州110”接警后，陈伟强迅速赶到现场指挥，根据自己丰富的经验，做出了在战备大桥桥南设卡堵截的指令，随后民警就在该卡点发现并抓获了两名抢夺嫌疑人。该案查得手机22部，砍刀5把，挎包8个，钱包4个，带出同案犯两名，深挖抢夺案件20余起，至此，2008年下半年在市区使用红色大绵羊摩托车疯狂实施抢夺的系列案件终告侦破。

鲁迅先生说："伟大的成绩和辛勤的劳动成正比例，有一分劳动就有一分收获，日积月累，从少到多，奇迹就可以创造出来。"陈伟强带领"漳州110"的六年间，只问耕耘不问收获，更不图回报，他们只是脚踏实地履行职责，但是党和政府还是给了他们许多荣誉。"漳州110"先后荣立集体一等功，荣获全国"人民满意的公务员集体""全国文明单位"等荣誉称号，陈伟强个人也被记一等功，还先后获得"福建省先进工作者""第四届福建省十大杰出青年卫士""中国青年五四奖章"等荣誉。在鲜花和掌声面前，陈伟强和"漳州110"没有陶醉，更不敢懈怠。作为"人民的110"，应该怎样做才能无愧于"人民"二字？他们的答案是：只有时刻将人民群众的冷暖安危放在心上，多为他们办实事、解难事、做好事，才能深深扎根于群众之中，才能永葆"漳州110"的先进性，才能让"人民的110"这面红旗永不褪色！强警铸魂永无止境。陈伟强知道，群众利益无小事，他紧紧抓住"五小工程"不放松，决不放过"影响稳定的‘小矛盾’、打击犯罪的‘小案件’、执法程序的‘小漏洞’、安全监管的‘小隐患’、服务群众的‘小事情’”，进一步赢得群众信任。在他和队友们的辛勤努力下，漳州市区“两抢”案件发案数连续四年下降，群众安全感明显增强。

在创新发展“漳州110”为民服务品牌方面，陈伟强也推出了新举措。比如，针对老年人外出迷路警情多发，为了更好地保障老年人的出行安全，“漳州110”建立了老年人信息库；为了让丢失钱物、无亲可投、急需救助的外地群众有一个安全、快捷的汇款途径，建立了绿色通道银行卡等。狠下功夫抓好为民服务工程，结合各项争先创优活动，在110社会服务联动、军警、警民、警校共建活动以及扶危济困、捐资助学等工作中真抓实干，组织开展了对社区警务工作的调研，从群众的需求出发，制定了《漳州110开展社区警务工作实施方案》，力争把有限警力撤向各个社区开展为民服务工作，为推动全社会“平安家园”创建，构建打防控体系开创了一个新的思路。

“大块头”的智慧与文艺范

2011年12月，陈伟强调任平和县公安局局长（后调任漳浦县副县长、公安局局长，现任漳州市公安局党委委员、政治部主任）。“漳州110”第五任大队长这个担子落到了李海宁肩上。李海宁1976年生于龙海，1995年从福建警察学院毕业后考进公安局，成为“漳州110”普通一员，在这支光荣的队伍里努力锻炼自己，后来当过漳州市公安局特警大队副大队长、教导员等职。当“漳州110”大队长这个重担交到他肩上时，他知道必须牢记重托，身体力行，让“漳州110”这面红旗飘扬得更高。

刚刚从警时的一次出警，让李海宁终生难忘。那是一个男子持刀企图砍杀女人的紧急警情，他和同事以最快的速度赶赴现场，当他看到那名男子挥刀正要往下砍时，一个箭步冲上去把刀夺下。事后他想，只要他慢了一秒，那刀就砍下去了，瞬间就将有生命在自己的面前消逝。李海宁从此认定，作为一名警察，一定要练就敏捷的身手，更快一秒，而与此同时，在党和人民需要你的时刻，即使是面对死亡，也要义无反顾地冲上去！李海宁是这样想的，也是这样做的。每逢危险时刻，他总是一马当先，勇往直前，以人格魅力感染伙伴们。在管理、带领队伍方面，李海宁觉得对党绝对忠诚是政治标准，更是实践要求，必须落实到一言一行，贯穿在一点一滴，要真正做到坚定人生信仰，使忠诚形成自觉，要始终坚持“公安姓党”，突出信仰感召，强化党性锻炼，全力以赴保稳定、护安全、促发展，不断增强人民群众的安全感、获得感、幸福感；提升品德修养，把忠诚融入血脉。要自觉明大德、守公德、严私德，打牢道德基础，砥砺初心本色，焕发强警的恒久精神力量；强化能力素质，以忠诚履行使命。要坚持夯实专业基础、提升专业能力，从而有效驾驭治安局势，最大限度让群众不受伤害、不受损失，使群众真正感受到警察就在眼前、服务就在身边；自觉遵规守纪，用忠诚擦亮底色。要毫不动摇地坚持从严治警，严肃警风警纪，不断纯洁队伍，着力锻造一支让党放心、让人民群众满意的过硬队伍。

一米八的“大块头”，黝黑的皮肤，强壮的肌肉，厚实的肩膀，李海宁的硬汉形象有如影视剧中那种酷炫的铁血特警。不过，总是冲在最前面的李海宁，不仅有着彪悍生猛的外形，还兼具沉着应对危机的智慧。

2013年1月6日下午2点左右，“漳州110”接到一个紧急任务，配合芗城区、龙文区公安分局抓捕五名非法持枪的可疑分子。涉枪案件，非同小可。李海宁带领十四名队员火速赶到龙文区郭坑镇某老年活动中心附近，那里设有一个赌场，他发现犯罪嫌疑人驾驶的那辆白色桑塔纳已停在了路边，五名犯罪嫌疑人已经进入赌场。然而预先埋伏在那里的便衣警察只看到开车人的样子，对于其他四个犯罪嫌疑人的外貌特征一无所知。这下怎么办呢？李海宁跟队员们说出了他的看法：“如果我们贸然冲入赌场，就像是瞎子两眼一抹黑，容易打草惊蛇，又可能伤及无辜，我建议守株待兔，等待时机。”大队长有着数百次“第一现场”突击抓捕的经验，队员们表示赞同。李海宁开始布网包围，队员全都是身材高大的大块头，而且全副武装，不能畅快地冲出去，此时只能挤在密闭的小车里，蜷缩着身体，等待着犯罪嫌疑人的出现。

半个小时后，五名犯罪嫌疑人陆续出现了，他们上了刚才那辆白色桑塔纳，车子发动后往芗城方向开去。李海宁马上下令：“尾随而上，伺机抓捕。”两辆坐满警察的小车随即跟上。一场惊心动魄的抓捕行动随时将要开始，然而，没有料到，犯罪嫌疑人的车开出几百米，在一个三岔路口突然停下了，原来是准备搭载一名女性同伙。这里地势空旷，周围群众稀少，嫌疑车辆停下后起步较慢。“时机到！”李海宁果断地下达抓捕方案：一辆超车拦在嫌疑车辆前面，一辆马上跟上堵住其后路，两车人员同时下车围堵。

“吱——”一声紧急刹车声后，李海宁与队员同时从车里跳出来，手持武器对准嫌疑车辆，大声地命令车里人员：“熄火下车，扔出车钥匙。”车里一片沉静，驾驶座上的犯罪嫌疑人在警察靠近的瞬间迅速按下车内中控锁，副驾驶座上的犯罪嫌疑人低头与后排商量着什么，可以看到后排犯罪嫌疑人的双手伸到座位下面，摆弄起什么东西来。不好，可能在拿枪——李海宁猛然意识到，在这危急时刻，他大步走到车窗前，狠狠地拍打了几下车窗玻璃，用强硬、严厉的语气说：“别乱动！乱动我就开枪了！”他抬起手枪，往空中鸣枪示警。随着一声枪响，僵持了两分钟的犯罪嫌疑人心理防线终于彻底被击溃，后座犯罪嫌疑人扔掉了手里已经上膛的仿64式手枪。随即，警察们强行打开车门，将五名犯罪嫌疑人全部抓获。危急时刻，李海宁威猛强悍的形象把犯罪嫌疑人震慑住了。他说：“在与犯罪分子的对抗中，需要力量，更需要智慧。”几年来，李海宁带领队员查获仿制式手枪2把、子弹60发、硝铵炸药1000多斤，查处各类案件5600余起，抓获各类违法犯罪嫌疑人4846名，完成大型安保任务240余起。李海宁先后荣立个人三等功四次，获得“福建青年五四奖章标兵”“福建省青年卫士”“全省特警优秀教官”“全省政法系统十佳百优政法干警”“福建省新长征突击手”等荣誉称号。

乍一见李海宁这般大块头，在篮球场上流星般奔跑过人，然后三步上篮，全身的肌肉都闪着黝黑的亮光，但是他不是一般的“肌肉男”，实际上还是一个很有文艺范的“警察叔叔”。他一些清新的小情怀发表在了微信朋友圈，从另一方面展示了一个铁血硬汉的柔情与温情。李海宁在朋友圈发了不少他为妻子拍的照片，还配上他写的文字，有的写道“优雅是唯一不会褪色的美”，有的写道“佳人在水一方”，有一张照片是妻子站在晚霞里的背影，他写道：“老了，一起看太阳落山。”

2020年在抗击新冠肺炎疫情的非常时期里，他天天在基地上班，有一天上完班回到家里，看到桌上是妻子为他做的一桌菜和一碗长寿面，才记起今天是自己的生日。他情不自禁拍了一组照片发到了朋友圈，还加了一段深情款款的文字：“幸福是什么？我回答：幸福是家中的那一桌热腾腾的饭菜，幸福是忙完归家后的那一室欢声笑语，幸福是非常时期家人为自己准备的一个小小的仪式。”他在担任巡特警支队长后主持制作的一组漳州特警海报，在网络上引起一片惊呼，那超酷超炫的文艺范完全媲美好莱坞大片的场景。画面上，漳州特警佩戴着墨镜、身穿防弹衣、手持狙击步枪，刚毅冷峻的表情，矫健的身姿，演示着协同作战、神枪狙击、武装巡逻、破门突入、警犬扑咬、现场排爆、攀登滑降、楼道搜索等各种场景，有如电影大片一般逼真，栩栩如生……

一个有文艺情怀的警察，内心有刚强的一面，也有柔软的一面。正因为他爱生活爱家庭，所以当他面对犯罪行为和各种危险的时候，总能勇往直前。李海宁用朴素的文字表达了他的心声：“你有梦想吗？我有，此时的我正在‘漳州110’的为民服务之中坚定地前行！”

“歪脖子树扯直了”

郭韶翔曾经对吴荣辉说：“我要把你这棵歪脖子树扯直

了。”吴荣辉也曾经爽朗地笑着说：“我这棵歪脖子树终于被扯直了。”

吴荣辉1975年2月生于芗城，父辈是从永定客家乡村迁徙而来的，祖父、父亲都是铁匠。生于铁匠之家的吴荣辉从小体格健壮，孔武有力，这个好动的男孩子爱上了体育，短跑、中长跑、跳远、撑竿跳、篮球、排球，他本能地喜欢运动，对于未来的职业却没有什么特别的规划。1994年他从福建省体育学院毕业，刚刚19岁，正好漳州市公安局公开招人，他觉得当警察似乎也不错，警服穿起来很有“派头”，便参加了考试，然后被录用了。这个练体育的帅小伙子就这样成了警察，安排在“漳州110”——那时“漳州110”还是起步阶段，小有名气，工作任务繁重。干了一段时间下来，吴荣辉有点怀疑自己是不是做了“假警察”，成天做的不是送迷路老人孩子回家，就是给吵架的妇女“做公亲”，虽然也接警出去抓过几次小偷小摸嫌疑人，但基本上是做了一大堆婆婆妈妈的事。这也罢了——他刚刚参加工作时，奶奶语重心长地对他说：“入公门，好积德。”他是记在了心上，也真心想要这么做。可是，队里的规章制度、条条框框太多，让他感觉受不了。运动员的天性是自由的，他原来在学校也是比较散漫的，可是现在在“漳州110”，他发现郭韶翔的管理方式过于严苛了——抓坏人，我冲，服务群众，我去，可是没必要那么死板吧，设置了一套又一套的规定，像是紧箍咒一样，令人头痛。开会的时候，他一听郭队长又在讲那些大道理，心里就很厌烦，干脆闭上眼睛打瞌睡，上面要求记笔记，他也不想记，就在本子上随心所欲地画漫画，或者大发诗兴，写几句打油诗。

有一天吴荣辉出警回来，正好到下班时间了，他拿着巡警包走进值班室，卸下腰带，放到巡警包里面。从外面回来，流了一身臭汗，他准备马上去洗澡。这时郭韶翔让内勤收回值班工作日志，吴荣辉说，我下班了，洗完澡再写也不迟。郭韶翔从隔壁办公室走过来，沉着脸对吴荣辉说：“我们下午5点半下班，5点半之前，你一天所有的工作必须全部完成，你超过这个时间就不算，不管你有没有回宿舍、回家。作为一名民警，你把腰带卸下的那个时刻，说明你下班了。但是写工作日志也是工作的一部分，你没写，说明你工作没有完成，给你一次‘黄牌警告’。”

吴荣辉一下怔住了，这“黄牌警告”的威力他可是非常清楚的。刚入警不久，他就问过一个老队员，“黄牌警告”

是什么意思？那个老队员幽幽地说，第一个意思，你这个月的补贴都没了，第二个意思嘛，你还要认真写一份检讨，让你练练文笔，下次开会的时候在大会上念，让你练练普通话。这两个“意思”可不是一般人吃得消的。吴荣辉不情愿地说：“好吧，我马上写！”

有一天是吴荣辉值班，内线电话响了，他拿起话筒，用闽南话问道：“喂，找谁？”电话里传来郭韶翔的声音：“你是吴荣辉吧？我在会上再三地强调，反复地强调，不管是报警电话还是内部电话，一接起来都要用普通话说，您好，我是‘漳州110’，你竟然违反规定！”吴荣辉嗫嚅着，心想这真是忘了，只能任由郭队长批评。放下电话，吴荣辉有些不以为然，这郭韶翔也真是的，还用这招来检查监督。几分钟后，内线电话又响了，吴荣辉想当然地以为这回肯定不是队长打来的，接起电话照样用闽南话问：“喂，找谁？”“找你，吴荣辉！”没想到，电话还是郭韶翔打来的，郭韶翔严厉的声音在他耳朵边炸响了，“又是你吴荣辉，‘黄牌警告’三个月！”吴荣辉愣住了，他能想象出电话那头郭韶翔震怒的样子。“黄牌警告”三个月，这意味着吴荣辉三个月的补贴全都打水漂了，这只不过接了两个电话啊——他被罚得心惊肉跳，但心里还是很不服气。

郭韶翔一次次找吴荣辉谈心，笑眉笑脸，和风细雨，讲大道理也讲小故事。在郭韶翔看来，吴荣辉是一棵好苗子，长得壮实，虽说有点歪了，只要扯直过来，就会健壮周正地往上长。他不厌其烦、耐心细致地做吴荣辉的思想工作，解开他内心的疙瘩，扫清他的心理阴影，激励他振作发奋、建功立业。经过郭队长的点拨，吴荣辉对奶奶的叮嘱有了更深的领悟。“入公门，好积德”，意思是参加了国家机关的工作，可以为人民做点事，这便是积德。“好”在这里有两个意思，一是“可以”，二是“好好地”，前者是客观机会，后者是主观意识。如何好好地为人民做事积德？必须守规则，按照规章制度办事，没有规矩不成方圆，而且只有规矩才能有效率，一个警察如果没有制度约束，意气用事，面对歹徒和刀枪的时候，面对各种险情的时候，他能冲得上去吗？吴荣辉终于想通了，心头豁然开朗，思想认识上180度的大转弯，使他完全变成了另外一个人，表现出特别的自律和自觉。用郭韶翔的话说，“这棵歪脖子树扯直了”。吴荣辉参照“漳州110”制定的各项规章制度，在一张A4打印纸上写了一份类似“备忘录”的“每日工作流程”，包括早上起来被子要叠好、鞋子要摆正、牙缸要摆齐等等，一共14条。那时他在宿舍里睡下铺，他把那张A4纸贴在上铺的床板子上，每天早晨一睁开眼睛先看一遍，睡觉之前再看一遍，时时警醒着自己。守规则，守纪律，吴荣辉身上焕发出了更高涨飞扬的青春活力。

1995年6月的一个深夜，值班的吴荣辉接到一个紧急报警，有个青年学生在九龙江畔散步，被一伙持械歹徒抢劫，双腿被捅了几刀，血流如注……吴荣辉和伙伴迅速赶了过去。现场是在九龙江畔姜园亭路口的一片小竹林里，吴荣辉看到那个青年学生瘫坐在地上，牛仔裤几乎被鲜血浸透了，流出的血都已经凝固。他抱起学生坐上警车，往医院疾驶而去。因为失血过多，学生已经没有语言能力，吴荣辉看到他眼神里满是痛苦，还有一种求生的欲望，是那样地灼人，在这无言的对视里，吴荣辉感受到生命的珍贵和脆弱。“不要睡，不要睡……”吴荣辉感觉到怀里的学生体温在下降，眼神一点一点地涣散，他不停地拍着他的脸，不停地轻声叫唤着。吴荣辉害怕他一睡过去就永远醒不来了，好几次感觉他已经在自己的怀里离开了人世，然而他微弱的呼吸，让吴荣辉心里又抱有了希望，“不要睡，不要睡，坚持，坚持……”

警车冲进了漳州市医院急救中心……很幸运，这个青年学生被医生救活了，医生走出来对一直守候在门口的吴荣辉说，你们送得及时，再晚几分钟，这个年轻人就没希望了。吴荣辉激动地走进去，看到床上的学生虽然还没清醒，但是脸上已经泛起了一片血色，他内心在颤抖，那是他见过的最美的一片血红色，历经生死之劫，那是生命之光。

吴荣辉就这样在“漳州110”一步步成长，1998年竞聘警长，2000年竞聘副中队长，一步一个脚印。2000年12月的一天清晨，吴荣辉和队友庄伟在街上巡逻——那时实施的是“巡指分离”模式，报警台接到报警之后，就近安排最近的民警出警。对讲机响了：南门溪边一个洗衣服的老奶奶报警，有个小孩子落水。吴荣辉收到指令，立即跟庄伟骑摩托车火速赶往现场。来到南门溪边，吴荣辉看到溪边围着很多人，一簇簇的，现场气氛异乎寻常，有人往溪水里张望，有人在劝说一对痛哭流涕的年轻夫妇。原来他们是落水小孩的父母，执意要下水，可是孩子落水已经快两个小时了，希望很渺茫。为什么没及时报警呢？吴荣辉感觉到一阵心痛，周围人七嘴八舌地说发现太迟了，那个打电话报警的老奶奶说，大家都慌了，还是我打的电话。吴荣辉往溪里看了一眼，冬天的溪水清冽中透着寒气，他一边脱衣服一边说：“我下去。”那个老奶奶对他说：“先往水里扔一块石头再下水。”吴荣辉笑了笑，他知道这是溪边人一种迷信的说法，往水里扔了石头，水鬼就会跟着石头跑，不会来找人的麻烦。吴荣辉明白老奶奶的一片好心，但他顾不上这个了，时间紧急，他把脱下的衣服和装备交给庄伟，禁不住打了个寒战，只穿着三角裤就走到溪边跳下水。

冬天的溪水又冷又冰，像刀割一样，吴荣辉屏气潜入水中，除了一些浮游的水草，什么也没发现。一阵江风吹来，他浑身直打哆嗦，但他咬住牙根，再次潜入水里搜寻。第三次潜水，他往另一个方向游去，终于发现孩子的身影，凭他的感觉，孩子已经没有生命体征了，毕竟溺水时间太长了。他把孩子抱上岸边，为了安慰孩子的父母，让他们在心理上有个缓冲期，还是对孩子做了人工呼吸，然后又打了医院120电话。年幼的生命已无可挽回，吴荣辉只希望时间能让这对不幸的父母缓和一些悲伤的情绪。他用毛巾简单擦了一下身子，穿上衣服，跟庄伟一起继续巡逻去了。

第二天上午，吴荣辉还在家休息，突然接到大队长李铁军的电话，让他回队部。吴荣辉以为有什么紧急任务，立即赶回了队部，走到李铁军办公室门口，看到昨天那个报警的老奶奶正在跟李铁军说话。原来，那位老奶奶来到队部想见见昨天那个穿着三角短裤下水救人的“团仔”，想知道他有没有冻感冒，她拿出省吃俭用积攒下来的一把零零散散的纸钞塞到李铁军手里，瘪着嘴说，钱不多，给你们“110”买装备，昨天那么冷，那个“团仔”穿着三角短裤就下水了，谁都是父母的孩子，看了心疼，你们当领导的要负责任，给他买点装备。吴荣辉听到老奶奶和李铁军的对话，心里头热乎乎的。当然，李铁军没拿老奶奶的钱，只是收下她的一片心意。站在门口的吴荣辉感觉眼眶都潮湿了，自己只不过做了职责范围内的事，竟换来这个老奶奶如此的爱护，身上的血“嘭”的一声像是被点着了，全身心沸腾，整个人都热了，亮了。这个时刻令他终生难忘。1997年领取国务院“人民的110”奖章、1999年入党宣誓，在这两个“高光时刻”之后，他的心灵又一次受到了特别的洗礼。直到现在，他在云霄县副县长、公安局局长的岗位上，回想当年在“漳州110”的历程，他特别清晰地记得这第三个“高光时刻”，这是来自人民群众最朴素、最真诚的褒奖。

2004年，吴荣辉因为出色的工作表现和优良的工作作风，被任命为“漳州110”副大队长。2005年夏天，一个烈日炎炎的下午，吴荣辉接到出警的郑瑞钟、叶跃能报告，一名嫌疑人驾驶一辆偷来的摩托车，由江滨路向龙海方向逃窜。为了躲避警察的围捕，这个亡命之徒把车开到江东旧桥桥头时，扔下车跳进了一条内河里。吴荣辉从队部驱车赶来指挥，现场了解情况后，他立即指派叶跃能向附近的群众借来几件防水衣，一起下水搜寻嫌疑人。吴荣辉、郑瑞钟、叶跃能等人水性很好，但是下水才发现河里充满淤泥，杂草丛生，手脚像被绑住一样很难游动。

烈日晒得河水发烫，吴荣辉带领民警几乎把整条内河河段翻了个底朝天，还是不见嫌疑人的踪迹。看来这家伙挺会跑，居然逃离了现场，他跑了，大家也应该可以打道回府了。没想到吴荣辉下了指令，不能放过任何可疑的角落，继续搜寻。大家在滚烫的河水里和烂泥杂草中足足又搜了两个多小时，直到有人报告说河对岸的湿土上发现了一些新鲜的足迹，经辨认基本可以确定是嫌疑人逃离时留下的脚印，吴荣辉这才鸣金收兵。看着队员们累得气喘吁吁，一个个大汗淋漓，脸像是烤熟的肉，他也跟大家一样，身上满是又黏又臭的烂泥巴，还被蚊虫叮咬出一块块痛痒难忍的红疙瘩。大家都不理解吴荣辉的做法，心里直犯嘀咕：明明已经确定嫌疑人逃走了，还花费这么大的功夫一遍遍地搜，这不是自找苦吃吗？吴荣辉一眼看透了大家的心思，说：“万一嫌疑人在河里被困，难道我们要让他等死吗？”这说的也是，这烂泥河里，他们这些受过专门训练的游泳高手都游不动，那个嫌疑人如果陷到淤泥里，或者被杂草绊住，要是不敢求救，必死无疑。郑瑞钟、叶跃能等民警一下子领悟过来。吴荣辉说：“嫌疑人也是人，我们在执法中要有大格局的缜密思维，保护自己的同时也要保护嫌疑人，生命都是可贵的，只有确保双方都安全了，才能称得上安全执法。”大家听了，连连称是，不由得在心里佩服吴荣辉的政治素质和人文情怀。

从一个练体育的愣头青到一名“漳州110”成熟的领导，吴荣辉用了十八年时间。这十八年的经历，在他看来，是他这一生中最宝贵的人生财富，他对“漳州110”这所好学校充满怀念和感恩。令人小小意外的是，这个擅长跑步和格斗的警察，有时还喜欢在电脑键盘上敲打一些“煽情”的诗文：

“那年少轻狂的身影，也在日复一日的‘110’生涯中，被我遗忘在了记忆深处。它淘去了无知和迷茫，汲取了‘110’人特有的正能量，犹如那爬上头的白发，引领着我前行。十八年，走得匆忙，我们终究追不上岁月的步伐。回望初心，我看见了青春的余影，而修行，还在路上……”

人生，如吴荣辉奶奶所说的“好积德”也罢，如他自己所写的“修行”也罢，他一直健步如飞地走在路上，从“漳州110”副大队长、教导员到芗城区公安局副局长，到漳州市公安局巡特警支队政委，再到云霄县副县长、公安局局长，他始终不忘一个警察的初心和使命……

“‘漳州110’的女儿”

两名“漳州110”警察牵着一个小女孩的手，朝太阳升起的地方走去——

这是一幅画，那光芒四射的阳光，映在小女孩的脸上，让人感觉她被阳光融化了。其实这也正是画画的人想要表达的一种心境，一种感恩之情。

这幅画出自“‘漳州110’的女儿”苏晓丽之手，她是个弃婴，从未感受过父母亲的爱。漳州民政纸箱厂一个聋哑女工收养了她，她总算有了个家。养母身体不好，只有微薄的退休金。苏晓丽懂事乖巧，从小就帮忙做事。1995年春天，“漳州110”在深入社区为民服务时了解到苏晓丽的情况，把她和养母列为重点帮扶对象。第二年，苏晓丽读小学五年级，养母患病卧床一年多之后撒手人寰，她再次成为孤儿。大队领导登门看望她，看到她家里一贫如洗，眼眶都红了，这个小女孩的不幸身世激起了全体民警的同情心，“漳州110”决定以集体的名义收养她，号召大家每月少抽一包烟、少吃一碗泡面，献出一点爱心来帮助她。民警们工资都不高，但是都踊跃捐款，每个月定期给她一笔生活费。

没有亲人的苏晓丽从此在“漳州110”有了几十位亲人，平时有大哥哥帮她辅导功课，逢年过节有叔叔阿姨们为她买新衣服，带她吃年夜饭。在她生日的时候，这些亲人即使工作再忙，也不忘给她送来蛋糕、贺卡、图书、文具等等各种各样的礼物，令她同宿舍的室友都非常羡慕。一般同学过生日也就收到两三件礼物，她却能收到几十件。同学们感叹说，晓丽，你的亲人真多，真好啊。

苏晓丽原本居住在养母留下的一间狭小的宿舍里，那里的地块被房地产商开发成住宅小区，对拆迁与安置问题，她茫然无知。在“漳州110”的积极协调下，苏晓丽的合法利益得到了保障，开发商给了她一间二十多平方米的“单身公寓”，一厅一房还有卫生间、厨房。为了让“女儿”有个自己的家，又是“漳州110”的叔叔阿姨们慷慨解囊，花了8000多元帮她装修了新居，给她买了家具、风扇、衣橱等等，还帮她安装了一部尾数为110的固定电话。

职校快要毕业的时候，苏晓丽觉得应该自食其力了，毕业后就去打工。当她在“漳州110”亲人面前流露出这个念头之后，教导员尤进明专门抽空去看望她，鼓励她考大学，多学一些知识对自己、对社会都是有好处的，尤教导员让晓丽一定不要有思想顾虑，她考上大学之后，“漳州110”还会一如既往地帮助她，学费、生活费都是可以解决的。苏晓丽得到了鼓励，像是吃了定心丸一样，她暗地里下决心认真学习。2003年，她考上了福建职业技术学院。

在苏晓丽上学前，“漳州110”特别举办了“欢送晓丽同学赴高校学习座谈会”，请来晓丽的初中老师、职校老师、班主任和帮助过晓丽的居委会干部、小区物业管理人员、工会干部等十多人，“漳州110”十多个领导和民警也参加了会议，大家欢聚一堂，纷纷给晓丽鼓励，献上祝福的话语。苏晓丽沉浸在浓浓的亲情之中，含着泪水激动地说：“谁说我没有亲人？‘漳州110’就是我的亲人。”为了解决晓丽的大学生活费用，“漳州110”民警每人每个月从薪水中捐出10元钱，给晓丽每个月500元作为生活费。“漳州110”这种大爱之心感动了许多人，社会上很多单位和个人也向晓丽伸出了援助之手，苏晓丽终于如愿以偿地进了大学去学习她喜爱的美术专业。

在苏晓丽读大学期间，“漳州110”的领导变动了，民警也换了一茬，但是对她的帮扶一直持续，从未中断。她大学毕业后，找到工作有了收入，终于可以自食其力了。她先到厦门一家公司工作，后来回到了漳州，如今在一家幼儿园任教，已经是两个孩子的妈妈了。她时常会组织幼儿园的小朋友到“漳州110”基地，带着他们参观“‘漳州110’事迹展览馆”，向他们讲述警察叔叔的故事。当年她还是个小女孩的时候，正是从“漳州110”的警察叔叔这里得到爱和帮助，现在她要以自己的亲身经历告诉孩子们……

2008年冬天，“漳州110”大队长陈伟强在走访困难群众时，走进了龙文区朝阳镇翁建村王玉静的家。这个品学兼优的初一年级女生下面还有一个妹妹王玉怡。她们的父亲是家里的顶梁柱，平时在建筑工地做一点杂工，闲时用摩托车载客贴补家用。不料六年前的一天，他因为摩托载客被抢劫杀害。虽然凶手受到了法律严惩，她家却从此坠入了困顿的深渊。为了撑起这个家，王玉静的妈妈表现出闽南女子特有的吃苦耐劳精神，起早摸黑，含辛茹苦，又要种地又要打工，积劳成疾病倒了。陈伟强代表“漳州110”给这个风雨飘摇的家庭送去了慰问金，送去了民警们的一片心意。2009年，王玉静的母亲病重住院，花光了家里的积蓄，还是无法挽回生命。当时黄海强代表“漳州110”前来看望和慰问王玉静姐妹，他至今感到非常震撼，王玉静母亲的遗像竟然是用身份证上面的照片放大做成的，这都是手机普及的网络时代了，她连一张照片也没好好拍过。“漳州110”立即做出决定，再次以集体的名义把王玉静当作女儿一样帮扶。

命运的狂风暴雨令年少的王玉静几乎全身淋湿了，幸运的是，“漳州110”为她撑起了一把伞。在她的记忆里，“漳州110”的叔叔阿姨们不仅给她物质上的帮助，更给她精神上的鼓励，让她走出迷茫，走出悲观，在一次次的温暖感动中坚定了信念，树立了生活的信心。十五六岁的女孩子还是在父母面前撒娇的年龄，她却开始学会照顾年老的外婆和年幼的妹妹，她感觉这正是“漳州110”给予她的精神动力。陈伟强大队长调换工作岗位时，特别交代黄海强要一如既往地关心王玉静。当她考上了高中，黄海强常常抽空到学校看望她，请领导和老师多关心她、多辅导她。当她查到高考分数之后，黄海强放下手中的杂务，在电脑前一坐一整天，跟她一起分析、比对、查资料，最后帮助她挑选了合适的学校和心仪的专业。王玉静考上了福建农林大学，黄海强到福州开会，只要抽得出时间就会跑到学校看望她，自掏腰包请她和舍友吃饭，让她在同学面前有自信、有尊严，同时一直鼓励她用心学习，毕业后争取考上公务员，这样才能有更大的能力来照顾外婆和妹妹。

大学毕业后，王玉静参加公务员考试，因为一些小小的失误而名落孙山，她并不气馁。这时，“漳州110”面向全社会招收辅警，她赶紧报名参加考试，被招录为图侦中队队员。

从小失去父母的王玉静在“漳州110”这个大家庭里得

到了家的温暖，也正是在大家的帮助下，她顺利完成了中学和大学的学业，如今也成为了“漳州110”一员。虽然只是辅警，但她工作尽心尽责，积极投入。因为自己曾经有过坎坷的经历，如果没有“漳州110”的帮助，也许她就无法走到今天，这让王玉静有了一颗感恩的心，她热心公益，每次在微信上看到“水滴筹”“轻松筹”，不管是熟人还是陌生人，总是立即给予支持。她几乎每天都骑着电动车，穿过大半个城区，回家陪外婆吃饭。在个人生活上，她特别节俭，每个月吃穿用和手机通信等，花不到500元，而给正在读大学的妹妹王玉怡，每个月都是1500元。

从“‘漳州110’的女儿”到“漳州110”的一员，王玉静是幸运的。热爱生活、敬重生命、修炼自我、帮助他人，曾经的不幸早已化为烟云，她的身上散发出一种温暖与善良的光泽。

苏晓丽、王玉静这两个“‘漳州110’的女儿”，从不幸中走出来的弱女子，终于成为社会有用之人。“漳州110”从领导到民警，背后付出了许多的心血，对“女儿”的关爱，他们不仅仅是在经济上帮扶，更重要的是在心灵上加以呵护，就像对亲生孩子一样，不厌其烦地询问学习生活情况，了解她们的困难和心愿，走进她们的内心，鼓励她们勇敢面对困境，树立信心，自立自强，以乐观积极的心态面对生活。只要“女儿”能够幸福而有尊严地成长，他们倾尽心血，不图回报。如果说，每天快速出警帮助群众，这是“漳州110”赤诚爱民的日常功课，而关爱弱势群体，像传递接力棒一样地收养“女儿”的故事，则是这个警队有温度的课外附加作业，这种对人性的尊重与理解、对理想的坚持与赞美，令人感动。

扶贫帮困无止境，爱心永远在路上，2021年初，“漳州110”决定启动“朝阳助学资金”计划，以专项基金形式每年帮扶三至五名品学兼优而家庭贫困的学生。

最后的亲人

二十多年之后，蔡思超至今还清楚地记得他刚刚加入“漳州110”时第一次跟着师兄杨盛金去巡逻的情形。那是风和日丽的一天，杨盛金驾驶一辆警用金马摩托车载着他上路了，在巡逻辖区兜了一圈，眼睛似乎都睁得很大，盯着前方，然后有序警惕地左右逡巡，并未发现任何异常情况。蔡思超只是发现这金马屁股后面的那股黑烟挺大的，有点煞风景。巡第二圈巡到桥南时，对讲机里传来呼叫："615，战备大桥头一部的士上，有人闹事，去看一下。"

"明白。"杨盛金应了一声。615是他所在警区代号，他立即加速赶往现场，坐在后面的蔡思超一下子也兴奋起来。不到一分钟就到了大桥头，只见一辆出租车停在桥面上，司机一见到警察来了，推开车门扑上去似的，情绪激动地大声嚷嚷："'110'同志啊，你们来了啊，快给评评理啊！这人上车叫我往前开，去哪里也不说，也不下车，这都一个小时了，急死我了，我怎么这么倒霉啊，碰上这样的人，我今天不用做生意了啊，这什么人啊？我不要车钱了，这还不成吗……"

看司机急得面红耳赤，杨盛金示意他有话慢慢说，然后大步走近出租车，往里面探头看了一下，神情立即松弛下来，说："又是你呀！下来吧，让人家做生意，别闹了，大家都不容易……"

后厢的车门打开了，一股白酒气味飘了出来，然后是穿着一双脏皮鞋的两只脚抖抖索索地伸出来，蔡思超看到一个皮肤黝黑的四五十岁的中年男子从车里晃了出来，对着杨盛金龇着大黄牙嘿嘿直笑，说：“是你啊，‘要去死’警官，不好意思，再见，拜拜……”他一边说着一边往南山寺方向颠去。

那司机见状上了车，一边说着“谢天谢地谢谢‘110’”，一边开车飞快地跑了，似乎要把被耽误的时间夺回来。

蔡思超看得有点蒙了，这就是他所经历的第一起警情？杨盛金驾起摩托载上他，回到停靠的岗亭，他忍不住问道：“这人怎么叫你‘要去死’？”

杨盛金指了指警服上的警号。蔡思超一看尾数174，闽南话谐音“要去死”，可是那个醉汉也太大胆，竟然这么称呼警察，看样子很熟悉，莫非是杨盛金的亲戚？还是老朋友？

“那人是你什么亲戚啊？还是老朋友？”蔡思超问。

杨盛金笑了起来，故作神秘地说：“说不定，以后他也会成为你的‘亲戚’兼‘老朋友’……”

蔡思超一时无法领会杨盛金的意思，只见他在接处警记录表上填了时间地点，下面简洁地写了一行字：林一明酒后闹事。

林一明。蔡思超一下记住了这个名字。

没想到，几天后蔡思超和杨盛金一起巡逻，第二次见到了林一明。那是一个三轮车工报警，他们赶过去，只见林一明坐在车上，浑身散发着酒气，他一只手上捏着一张皱巴巴的50元票子，不停地抖着，大着舌头说："我坐车，我有钱，坐50元的，坐到完……"

三轮车夫叹着气对两位警察说："从没见过这种人啊，不说去哪里，只说坐50元……"

"对，坐50元，坐到完。"林一明接上话头说。

杨盛金从摩托车上走下来，对着林一明笑了一笑，那眼神真是像老朋友。

"'要去死'警官，我没闹事，今天我要坐车，我有钱……"林一明说着又抖了抖手上的钞票。

杨盛金掏出一包红梅烟，走到林一明跟前，递了一根给他，然后抬起手搭在了他的肩膀上，说："大家都不容易，不要为难这个师傅了。你女儿最近怎么样？学习成绩有进步吧？"

林一明从三轮车上走了下来，原来另一只手上还握着一个喝了几口的白酒瓶。杨盛金把酒瓶子拿了过来，像老朋友一样地说："人生不如意十有八九，喝点小酒解解闷，喝多了伤身体啊……"杨盛金搂着他的肩膀，一边说着一边推着他缓缓地往前走。这时，蔡思超看到杨盛金拿酒瓶的手移到背后，故意抖着手，把酒瓶里的酒偷偷洒在地上。蔡思超心想，杨盛金这样做"朋友"，也真是用心良苦，他看到杨盛金回头对他眨了眨眼，立即心领神会，走上前从他手上悄悄接过酒瓶，从摩托车里取出水壶往酒瓶里灌入半瓶白开水，再塞回他的手里。

"老林，听我的，不要再闹了，赶紧回家！"杨盛金把酒瓶子塞到林一明手上，用一种命令的语气说，"你今天喝多了，好好睡觉！"

"是！"林一明双腿并拢站了个立正，然后向杨盛金敬了个军礼，样子显得有点滑稽，却是一本正经地迈着正步向前走去。

蔡思超和杨盛金看着他的背影，心里有点哭笑不得。他们上了摩托车继续巡逻，十几分钟之后，杨盛金的对讲机响了，里面传来指令："615，南山寺门口有个出租车司机报醉汉闹事，醉汉指明警号'要去死'的民警去处理……"

"明白！"杨盛金沉着脸应道。

对讲机里，那个派警的女警弱弱地问：“615，你是‘要去死’吗？”

“明白！”杨盛金脸黑黑的，气呼呼地加大油门，摩托车喷着一股黑烟，直奔南山寺而去。

南山寺是远近闻名的闽南古刹，也是漳州的旅游胜地，大门口的通道上停着许多车，那个林一明手上抓着酒瓶子，看到杨盛金驾着摩托车快到了，便推开车门走了下来，朝杨盛金吹了一声口哨，转身像青蛙一样，一耸一耸地向前面跳去。

杨盛金和蔡思超下了摩托车，向林一明小跑过去。

林一明突然纵身一跃，跳进了南山寺门前的池塘里。池塘里的水并不深，刚刚到他的膝盖处。只见林一明一手挥着酒瓶子，一手胡乱地舞着，抬起脚有节奏地踩着水，一边踩一边打了鸡血般兴奋地喊着：“来呀，‘要去死’，来呀，一起来玩水，你敢不敢玩？来呀……”

蔡思超叹了一声说：“这家伙，拿我们逗乐啊。”

杨盛金一边解下警用皮带、脱下皮鞋，一边说：“他喝多了，没办法。”

“别管他，他这是瞎胡闹。”蔡思超说。

“不能不管，万一出事了怎么办？”杨盛金说着蹚下了池塘，向林一明走去，“老林，你又闹事了，人生不如意十有八九啊，想开点……”

林一明看着杨盛金走过来，突然像变乖的孩子一样，一动也不动地等着杨盛金伸过手来，脸上满是一种笑。杨盛金拎住他的衣领，三下两下把他提到了池塘上面。

“老林，你真是喝多了。”杨盛金绷着脸说。他也顾不上裤子湿漉漉直往下滴水，拉起林一明的一只手，“走，我们送你回家。”

原来林一明家就在这附近的一间破旧的房子里，家里几乎没有什么像样的电器和家具，透着一股简陋和寒酸，倒是墙上贴着一张女儿的奖状，显得有点耀眼。杨盛金和蔡思超把林一明扶到床边，他倒下来便呼呼大睡。

回到漳州二中的停靠岗亭，杨盛金脱下湿掉的裤子，拧出了好多水，披在椅子上晾着，然后坐在长条沙发上歇了口气。

“像林一明这样瞎胡闹，够拘留了吧？”蔡思超有点愤愤不平地说。

杨盛金抬头看了蔡思超一眼，淡淡地说：“其实，林一明这个人还不坏……”

说来话长，林一明原是一家民企的司机，专门给老板开车，有老婆，有女儿，经济虽不富裕，但过得也还可以。后来，他被辞退了，断了收入来源，这时老婆跟人跑了，杳无音信，他就开始酗酒，借酒浇愁，喝的是那种最便宜的米酒，自称“米国酒”。杨盛金说，林一明虽然经常喝得像醉鬼一样，但他还是不忘找工作，拼命打零工赚钱来供女儿读书，从这一点看，他的本性还是很好的。巨大的失败感像铁罩一样压着他，他失意、失落，总觉得自己是人生最大的失败者，一介草民，卑微弱势，灰头土脸，失魂落魄，本来就没什么亲戚、朋友，来往的同学也很少，这下更没什么人愿意理他了，不仅身边连一个说话的人都没有，拿起电话也找不到一个人可以说话，内心的孤独、难于排遣的寂寞又常常令他有倾诉的欲望，可是内心的苦闷向谁说呢，又怎么说呢？杨盛金抽着烟，满怀同情地说，林一明一个朋友也没有，没有人跟他说话，熟人给他的是白眼，陌生人给他的是冷漠，他在偶然间发现，打110警察还会跟他说几句话，他一下子从中找到了一条寻找安慰、寄托精神的途径，这就是酒后闹事，借着酒劲闹一闹啊，耍一耍啊，然后别人打

110，警察来了，真好，警察走上来还会给他敬个礼。这茫茫人世间，有谁对他这么尊重过啊？从来没有！他可以对警察傻笑，还可以跟警察使劲地说话，有的没的，咸的淡的，说说话，心里头就舒坦了。

“我就是几次接警认识他的，这家伙，把我当作亲人似的，敢开我的玩笑，叫我‘要去死’，你说还有谁敢这么叫我？全漳州就他林一明，跟天公借胆啊！”杨盛金说着激动起来，但说着说着声调又缓和了，变得低沉了，“这个林一明的事，队里都知道，领导也知道，你说要是把他拘留或者劳教了，他女儿怎么办？就没人管了，可能就完了，所以，还是包容他吧，多担待他吧。”

蔡思超像是听一个传奇，听得一愣一愣的，听完却是久久地沉默了。从这天开始，蔡思超慢慢接受、习惯了跟林一明有关的报警，说起来大体上都是这样的，酒后坐在人家车上——出租车或三轮车，怎么劝也不下来，有时坐在人家服装店、药店或小吃店的地板上，装醉不起，别人报警，他还会帮腔说，你叫那个“要去死”过来。闹归闹，他从不打人骂人，也不破坏东西，一看到警察来了，像是见到亲人似的，非常配合，非常听话，有时还会连连鞠躬道歉，向对方和警察不停地敬礼。最多时一天曾接过跟他有关的报警五六起，令大家又烦又气，无可奈何。然而，有时候一连大半个月没有接到关于他的报警，大家却不由自主地有点想念他，这个家伙是不是找到固定工作了？好呀，可以多赚钱养女儿了……有一阵子，林一明突然天天给‘110’打电话，说要给‘110’警察送早餐、送水果，当然，他的好意都被谢绝了，他显得很不开心。不一会儿，立即有一个醉汉闹事的报警电话来了，不用说，那就是林一明……

几年后，杨盛金离开“漳州110”当了刑警，又过了几年，蔡思超也调到了派出所。2008年北京奥运会期间，一天晚上，蔡思超闲着没事，到刑警队陪杨盛金值班。两人聊着昨天的比赛项目，突然杨盛金的对讲机传来呼叫：“盛金，你那个老朋友林一明去世了，在他家楼下的草地，呕吐物堵塞气管，手上还有酒瓶子，不知什么时候醉倒的，我也刚到现场。”

杨盛金一声叹息，似乎早已料到会有这么一天，说：“林一明啊，人生不如意十有八九……”他站起身对蔡思超说，“这是老林的最后一次报警了，他真没什么朋友，我们看看他去吧。”

林一明因醉酒呕吐而导致窒息死亡，接警的“漳州110”民警来到现场，杨盛金和蔡思超作为他的“老朋友”，也来现场看了他，后来还到殡仪馆送了他最后一程。蔡思超查阅了档案资料，发现林一明在他生命最后的十几年里，跟他相关的报警竟然高达1000起以上，这个孤独寂寞的家伙果真是把“漳州110”当作朋友，当作亲人了，而“漳州110”始终以宽宏大量的耐心对待他、以有温度的恻隐之心包容他。世间百态，芸芸众生，林一明算是一个奇葩吧。“漳州110”虽然无法改变他的命运，却一直把他当作一个人，以常人少见的耐心和宽容心对待他。在林一明孤独寂寞的生命历程里，“漳州110”带给他的是一种人性的温暖……

难忘的出警，使命的传承

在“漳州110”，红袖标代表着一种责任、一种使命。林学勤至今记得他第一次戴上红袖标的情形。那是1995年春节前夕，那时还不像后来有一个庄严隆重的授标仪式，当时他刚刚从漳州市园林管理处调进“漳州110”，第一天上班，郭韶翔拿来一只金黄色的“110”袖标，语重心长地对他说，到“110”都是好样的，这个袖标暂时给你戴，不要弄脏了，如果你的素质适应不了“110”，我就要把它收回。第一次戴上“漳州110”袖标的林学勤，心里感到又光荣又兴奋，这一天正好是大年正月初一，他在值班室坐不住，几次走到廊道上，看着那根直通一楼的铁管，摸了又摸，内心里盼望着那110报警电话声响起，好让他有出警的机会。终于，这天午夜刚过，110报警服务台接到一起报警，副大队长李铁军接到指令，快步走到值班室，吴荣辉、王志强唰地一跃而起，林学勤不知道自己有没有机会，没想到，李铁军手指了一下他说，你也去。他兴奋得蹦了起来。大家冲到廊道上，林学勤以为自己够快了，然而他们更快，冲到那根铁管前，唰、唰、唰，三道闪电似的，已从铁管滑到了地面上。他迅速地握着铁管滑下来，李铁军已将敞篷吉普车发动起来开到了门口，吴荣辉和王志强坐在后座，让林学勤坐在副驾驶位置，因为他第一天上班还没领到羽绒衣，那天夜里天气比较冷。林学勤一上车刚坐稳，吉普车就向前奔跑出去。寒风一阵阵刮来，沁入骨髓，不过老队员的关心让林学勤倍感温暖，加上第一次出警的兴奋，他渐渐也忘记了寒冷。

到了出警现场，这是一起火灾警情。现场的火已经扑灭了，四周弥漫着一股浓烈的烧焦味和汽油味。一对夫妻上来向警察哭诉着说，“110”要帮帮我们啊。李铁军等人一边安慰夫妻俩，一边查看现场。他们家三个小孩子因为家里失火而惊慌失措，还在一旁哭着。林学勤把孩子带到了干净温暖的地方，让他们有个暂时休息的地方，然后又带着这对夫妻到西桥派出所报案。

几天后，这对夫妻给“漳州110”送来了一张写在红纸上的感谢信。林学勤感到特别高兴，自己第一次出警就收到了感谢信，心里有一种说不出的舒畅。不过他看到走廊上挂满了锦旗，里三层外三层的，立即平静了下来，在这集体里每个人都尽心尽职地工作，群众的感谢只能成为一种动力，必须做得更好才能回报群众的真情。他想起那对夫妻在向他讲述时的那种神情，不像是向一般普通朋友讲话，而是对着最依赖的人倾诉。这第一次出警的经历便一直深深地刻印在他的脑海里。

对叶跃能来说，刚刚从警不久的一次出警经历同样令他难以忘记，那是惊心动魄的一次出警。2000年初的一个早晨，叶跃能跟队友正在路面上巡逻，突然接到报警，下洲上年外来人口公寓有人引爆炸弹。涉爆案件，且在人员密集的外来人口公寓，这警情非同寻常，当时值班的副大队长王志强立即呼叫数个梯队火速赶往现场，叶跃能到达现场时，王志强也带着几个警组到来了。经过现场了解，原来是一个华安籍男子怀疑妻子有外遇，从老家带来炸石头的自制土炸药，准备炸死住在这里的妻子。他引爆一个后没有炸到人，又点燃一个扔了出去，结果丢在墙角的水洼地里，引线湿灭了，没有爆炸。这时有人报警了，这个华安籍男子发现警察迅速就赶来了，连忙带着最后一个炸药包和一把匕首，沿下洲路往漳州大桥方向逃跑。王志强布置一个警组保护现场，带领叶跃能等人沿途追捕嫌疑人。

追到漳州大桥上，那个嫌疑人回头看了看追上来的警察，反而放慢了脚步。因为他手中有炸药和匕首，王志强对叶跃能等人说："你们跳过桥中间的护栏，找个掩体隐蔽起来，我一个人上去比较好，免得嫌疑人紧张，有机会你们再冲上来帮忙。"王副大队长这是把安全留给队友，而自己顶着风险往前进。这时嫌疑人左手拿着那个大大的白色炸药包，右手举着一只打火机，大声地说：“不要过来，过来我就点着了，把大家都炸死，反正我已经不想活了。”王志强只身一人向他慢慢地靠近，一边扮着笑脸做着温和的手势，一边用闽南话跟对方搭讪，好说歹说，王志强走到靠近嫌疑人两米左右的地方，对方的情绪还非常激动。不能再往前靠近了，他若点燃炸药，这几米范围内必有伤亡。王志强的心也悬了起来，但是他一遍遍告诉自己要镇定。他想了想，蹲下身来，用闽南话笑着问那男子，你在老家有种茶吧？他像老朋友一样跟对方扯着家常，突然，那个男子哇地哭出声来，说：“其实我也不想伤害别人，我只想跟我老婆同归于尽，你也不用劝我，我真不想活了，你们走吧，走吧，别管我。”说完他扔掉了手上的炸药包和打火机，从腰间拔出一把匕首，就往自己的肚子上扎下去。王志强见状扑了上去，拉住他第二次扎肚子的手。在护栏这头的叶跃能等人纷纷冲上来，有的捡起炸药包移走，有的帮忙制服那个自残的男子。王志强看到男子身上有血，恰巧在旁边找到了一只碗，连忙压在他的伤口上止血。作为一名新入警的“漳州110”队员，叶跃能看到领导在危险面前身先士卒，那般沉着冷静和勇敢机智，心里不仅佩服，而且非常感动。这就是“漳州

110”的作风和传统，在他心里播下了一颗种子。

比叶跃能稍晚一点，叶小茗是2000年12月加入“漳州110”的，刚刚入警的新鲜感让他很想有一番作为。他被分配在二中队，中队长安排了老队员陈世勇带他。由老队员对新队员传帮带，这是“漳州110”的一个优良传统。陈世勇是一个经验丰富的老队员了，接处警总是跑在前头，工作作风踏实，烟瘾比较大，队里的年轻人都叫他“老哥”。他第一天带着叶小茗上街巡逻，便对他说，我们“漳州110”最重要的就是出警快，对群众的求助要有耐心，像你这样的年轻人，一般性子比较急，这正好可以磨一磨你的急性子。叶小茗点头称是。陈世勇接着又告诉叶小茗，遇到比较复杂的警情，你年轻没经验，一定不能乱来，要听从我的指挥。这让叶小茗心里不大以为然。过了几天，他们正在街上巡逻，接到了110指挥中心的指令：老年大学路段有一民宅起火，迅速前往处理，已同时通知消防大队。叶小茗跟着陈世勇火速赶往现场，只见一座木房子里浓烟滚滚，房屋主人跑到街面，惊慌地说，起火了，起火了……很多人从自家里跑出来，好奇地围观着那直冒浓烟的房子。叶小茗没想到这第一次接处警就是火灾，脑子里有点发蒙，紧张得手心都冒汗了。这时候，陈世勇拍了一下他的肩膀说，不要紧张，你先把周围群众疏散开来。叶小茗便开始劝离现场围观的群众，让大家退开一些，以防发生危险。突然间，房屋主人大叫起来："烧到电线了，里面电闸还没关，还有液化气瓶！"叶小茗扭头一看，陈世勇已冲进了起火的屋里，他也跟着要往里面冲，陈世勇对他喊道："你在外面，别进来！"他愣了一下，只见陈世勇拎着一只液化气瓶冲出来，屏着气跑到了前面空旷无人的草地上，一放下来，整个人都累瘫了，气喘吁吁的。叶小茗赶过来帮忙，一摸那液化气瓶，手像是受了炮烙一样烫了一下，再看陈世勇的双手，全都烫起了水泡。这时消防车呼啸着来了，火势很快被扑灭了。

看着现场渐渐恢复了正常秩序，陈世勇和叶小茗总算可以歇口气了。陈世勇点了一根烟吸着，问叶小茗："怎么样？这是不是很刺激？"叶小茗点头说："老哥，你太勇敢了，佩服。"陈世勇淡淡一笑地说："我们是'漳州110'，群众有难我们要冲在前，这是传统了，谈不上勇敢。火快烧起来了，如果不把液化气瓶提出来，那可能麻烦大了。这肯定要我来做啊，你年轻没经验嘛，我们都要对得起'漳州110'这块牌子。"叶小茗感觉内心受到了强烈的震撼，这就是一个普通的老队员的心声，心里始终牵挂着群众和队友的安危。这对叶小茗来说，无疑是最好的一种言传身教，在此后的从警生涯里，他一直牢记着这个“110”老队员的教诲。

使命传承，在不同时期“漳州110”队员的心里，都是一样沉甸甸的。2011年12月，刚刚参加工作一个多月的林少伟和队友驾车在凌晨3点多的街道上巡逻，深夜的寒风虽然吹不到车里，但是可以看到街上的落叶被风吹着在跑。这时110指挥中心指令，一名男青年报警称，他女朋友在水仙花大桥跳桥自杀，请前往现场处理。林少伟接到报警后快速赶到现场，报警的男青年失魂落魄地站在桥上。原来，他和女朋友因为情感纠纷，两个人一路争吵，女朋友情绪失控，当着男朋友的面从十几米高的水仙花大桥上跳入九龙江中。林少伟和队友冲到九龙江岸边，按照报警人指认的位置进行搜寻，然而夜色昏暗，始终找不到跳桥女子的踪迹。因为警情重大，值班领导、“漳州110”教导员吴荣辉也迅速赶到了现场。简单地了解一下跳桥女子的位置后，吴荣辉二话没说，麻利地脱掉了身上的警服，穿着一条内裤下了水，向江中跳桥女子落水的位置游去。在场出警的所有队员瞬间屏住了呼吸，为教导员捏了一把汗，只见他在江中不断地来回游动搜寻，时间一分一秒地过去，在大约过了二十分钟后，精疲力竭的吴荣辉游回了江边，林少伟赶紧将警服拿来让他穿上。吴荣辉一边穿衣服，一边遗憾地摇着头说："没办法，完全看不到一点踪迹。"虽然最终也没能救回轻生的女子，但大队教导员不惧寒冷，在寒冬中跃入水中，在水中搜寻的身影却始终在林少伟脑海里闪现着、回放着。这是林少伟入警的第一课，也是从警生涯重要的一课，当时教导员说的话一直在他耳边回响：面对群众险情，只要有百分之一的希望，我们也要尽百分之百的努力！林少伟如今成长为"漳州110"一名中队长，在队员面前以身作则，有危险抢在前头，这正是他从前辈队员那里学习来的优良传统作风。

第三章

与时俱进的“漳州110”

再振雄风

从1996年起，“漳州110”率先建立全天候巡防网络，变“坐等接处警”为“就近接处警”；2000年，实施巡指分离，建立“点、线、面”立体化巡防机制；2016年，探索构建“四警四化”警务新机制，为警务工作迈向现代化做出大胆尝试……三十一年来“漳州110”始终与时俱进，走在警务改革的前列。

2016年7月1日，风和日丽，在“漳州110”基地，隆重而简短的“‘漳州110’勤务改革启动仪式”之后，数十辆崭新的警用摩托车打头阵，分成两列，两辆并排，每辆车上两名民警，蓝头盔、白手套还有红袖标，威仪赫赫；摩托车队之后是数十辆喷着“漳州110”字样的越野车和面包车。

这支整齐威武的车队驶出基地，在市区主干道穿行，犹如浩浩荡荡的洪流，奔腾向前——这不是普通的巡游，而是一种声势浩大的“安民告示”：

“漳州110”再振雄风，“漳州110”就在您的身边！

这是“漳州110”历史上第六次勤务运作机制改革，从市公安局机关，芗城、龙文两分局抽调120名民警、110名辅警组建成一支新队伍，按照管控立体化、作战合成化、支撑信息化、服务精准化、执法规范化、队伍正规化要求，着力打造“漳州110”升级版，开启现代警务机制新篇章——这就是“漳州110”，永立潮头，永不止步，每一次出发都是为了更快、更好地担当使命。

“漳州110”基地实际上是漳州市公安局巡特警支队的驻地，这里为青翠幽静的碧湖公园所环抱，占地180亩，原为漳州东区污水处理厂厂区，是一座园林式工厂。污水处理厂搬迁后，如果进行商业开发，这里将是价格不菲的黄金地段，但是漳州市委、市政府还是决定把这个厂区提供给“漳州110”使用，因为他们是新时代最可爱的人，应该让他们的驻地条件、办公条件得到改善。“漳州110”作为巡特警支队下设的直属大队即一大队，也是整个支队的重要组成部分，二大队是排爆安检大队，三大队是特警大队，专门负责处置一些比较重大的突发警情。曾任“漳州110”第五任大队长的李海宁如今是支队长，在他看来，巡特警一体化管理，工作上有许多便利，特别是对维稳工作来说更是如此，十分钟内能集结40人，半小时内能集结120人。因为“漳州110”的知名度，这里被叫作了“漳州110”基地，整个支队也感到一种光荣。

优美的环境其实对“漳州110”所有警察来说，只是一个训练、休息的场所，他们工作的地点是在路面上，他们挥洒青春汗水的舞台是在大街小巷、在人民中间。200多名民警、辅警以“六班五运转”模式，全天候24小时保持16个梯队在市区街路面武装巡逻执勤，实行扁平化、点对点指挥，通过警务实战平台、接处警一体化车载终端、警务通、数字集群等科技手段，让每一次指挥调度可视化、智能化，实施动态布警、就近处警、快速反应。“漳州110”维护治安和服务群众的能力得到了大幅度提升，实现了“四个第一时间”：第一时间减少群众受到伤害，第一时间找到报警渠道，第一时间赶到事发现场，第一时间高效依法处置。

新勤务，新效率。当天上午11点4分，市民徐先生报警称，他的电动车在丹霞路摩托车城附近被人偷了。正在附近路面巡逻的梯队接到指令后，不到三分钟到达现场，通过调取视频监控，很快抓住了盗车嫌疑人。12点15分，新华路长途汽车站公交站台，又有两名涉嫌诈骗赌博的嫌疑人被巡逻民警抓获……

新勤务正式运行之后，“漳州110”更快更灵了，“警车常巡、警灯常闪、警力常见”，并以所在区域为轴心采用步巡的勤务方式向周围拓展，密切注意发现可疑人员，最大限度挤压违法犯罪活动时空，同时健全巡逻执勤警力与情报研判部门的情报共享机制，通过情报线索和对警情进行定期分析，发现治安热点，采取针对性措施进行防控、打击。数字或许可以说明问题，从2016年7月1日到2017年3月初，“漳州110”共接处警25509起，其中刑事3675起、治安4267起、纠纷4834起、求助11730起、举报546起、火警143起、其他类警情314起，抓获各类违法犯罪嫌疑人864人，其中刑事拘留225人，治安处罚139人，市区发案率下降近30%，群众满意率达100%；与此同时，“漳州110”有效策应“G20杭州峰会”、“9·8”洽谈会、花博会等重要安保工作，圆满完成了上级布置的各项工作任务。

“漳州110”以新的姿态展现在人民群众面前，像一只雄鹰展翅翱翔……

“一个好汉三个帮”

选拔优秀的人才充实“漳州110”领导班子，历来是上级党委特别重视的，作为“漳州110”这面旗帜的扛旗人，大队长的职位格外引人注目。当第六任大队长这个担子落到黄海强身上时，他感受到了一种巨大的荣耀和压力。这是上级组织对他的信任，领导找他谈话时的叮嘱与期待，令他一下提振了信心，必须把压力化为动力，身体力行，尽快胜任这份工作。

黄海强1982年6月出生于龙海区海澄镇，那里是历史上著名的一个对外贸易港口。从小面对着激荡的大海，前辈勇于闯拼世界的基因似乎在他身体里奔流，他像所有顽皮的男孩子一样，活泼好动，下水游泳上树捉鸟，父母亲一直很操心。黄海强母亲是个小学老师，对他管教很严。高考填报志愿时，他报了福建公安高等专科学校，母亲很开心，说警察队伍纪律严，你以后好好当个警察，我就放心了。2004年毕业后，黄海强考进漳州市公安局，成为“漳州110”一名新警察，母亲更开心了。对这支闻名遐迩的优秀警队，她早已十分了解和熟悉，儿子能够成为其中一员，她觉得这下非常放心了，对他说，你一定要在“110”好好做事，努力工作。

在新警察入职仪式上，大队长许佳给黄海强戴上“漳州110”红袖标，这只光荣而独特的红袖标令他心潮翻滚，自豪感与责任感充满了心间。他暗暗想，一定要好好干，为这只红袖标增光。黄海强刻苦训练，虚心向老队员请教学习，业务素质、综合素质很快得到了提高。2005年4月6日，华灯初上，黄海强跟着副中队长蔡文成一起巡逻到延安北路，这里是市区繁华路段，商铺热闹，行人密集。走到“开心汤姆”门口时，黄海强发现三名男子合骑一辆红色摩托车，三人身体紧贴着，其中两个人穿着厚西装，跟这天气很不相称，坐后座的男子还不时回头张望。黄海强和蔡文成用眼神交流了一下，感觉这三个人形迹可疑，便上前将他们拦截下来。黄海强用闽南话说：“我们是‘110’的，看下你们的证件。”这三个男子愣愣的，听不懂闽南话，原来是外地人。黄海强便用普通话重复了一遍，他们支支吾吾的，神色慌张。黄海强又问：“你们这车哪里来的？”坐后座那个人说：“700元买的。”蔡文成和黄海强看到这三个人相互使眼色比手势，越发觉得可疑。他们也用眼神进行了默契的交流，以交通违章为由，把这三个人稳住。一个人当面批评他们没带驾驶证，而且超载什么的，另一个人背过身去，用对讲机呼叫增援。几分钟后，当时主持中队工作的副中队长林杰斌带着民警高健宇赶来了，四个警察随即一起把这三个人控制住了。这三个人一下傻了眼，供认他们三人还有另外五人，前天晚上11点多，手持木棍和砍刀，在龙文区梧桥村抢劫了两部载客摩托车，还对其中一名反抗的司机刺了几刀。抢劫得手后，他们分头逃回所租住的房屋，约定今晚一起去销赃并分赃。初步掌握了情况，四名警察把这三个人押解到龙文区刑警大队，协商之后决定兵分两路，分头抓捕另外租住在两个村落的五名同伙。随后，在刑警大队的配合下，林杰斌、黄海强押解一人到梧桥村，抓获了三名嫌疑人，蔡文成、高健宇押解一人到铁塘村，抓获了另外两名嫌疑人。至此，一个抢劫摩托车的团伙被一网打尽。

这次事件的经过给了黄海强很多的启发，日常巡逻中一定要细心观察，发现疑点迅速行动，在警力不占优势的情况下，要采取缓兵之计，引而不发，等待增援，然后把对方控制住，从对方身上快速找到突破口，获取有价值的信息，与其他警种配合，顺利破案。在一次次接处警的实战中，黄海强在成长，他养成了敏于观察、勤于思考、善于综合、勇于创新的品性。不久他便因为突出的工作成绩，被提拔为“漳州110”勤务室主任。2012年勤务改革，他调到了漳州市公安局人事处当副处长。此次勤务再度改革，黄海强接过了“漳州110”大队长这副重担。

此时的“漳州110”可以说闻名于世、誉满全国。然而，成绩和荣誉都已经是过去了，黄海强清醒地意识到，面对“队伍新、队员不新”的新队情，必须全身心投入工作，扭住党建责任牛鼻子，以更敏锐的政治眼光、更强烈的忧患意识、更主动的措施办法，切实锻造过硬的警队。全队120名民警，除了19名竞聘上岗的中队长、教导员外，只有一个人是自愿申请来的，其他人都是服从安排来的，彼此之间还需要磨合，而辅警中，某个中队14名辅警，居然有10人在两公里体能测试中不达标，这在接处警实战中能跑得动吗？黄海强团结大队班子成员郑瑞钟、张斌、李来财和郑宇宁，集思广益，以狠抓队伍经常性教育管理为主线，制定出台《岗位绩效考评实施细则》《勤务手册》《管理手册》等规章制度，以开展三类夺标竞赛为抓手，不断夯实队伍规范化基础，他克服大队条件配置不齐和队伍新组建制度未完善等问题，勇挑重担，以队为家，加班加点，没有节假日，天天奋战在工作第一线。

经上级同意，黄海强决定在“漳州110”实施为期一年的“律警工程”。所谓“律”，其基本释义是法则、规章、约束、规律的意思，实施“律警工程”就是要让全队民警、辅警遵循规章制度工作、办事，包括管好八小时以外，保持队伍有规律地运行。“漳州110”老队员、巡特警支队政委吴荣辉担任律警工程领导小组组长，黄海强任常务副组长，郑瑞钟、张斌、李来财、郑宇宁任副组长。黄海强把这项工程解读为“一三二六工程”，即一条主线、三个节点、二类竞赛、六项重点工作。一条主线就是以全面加强支部党建，狠抓队伍经常性教育管理为主线。强党建促队建，狠抓队伍经常性教育管理是“漳州110”进一步推进队伍正规化建设的必由之路，这条路既是主线也是底线，尤其是狠抓队伍经常性教育管理在“漳州110”只有开始，没有结束，中间也不会有休止符。黄海强在大会小会上都旗帜鲜明地要求，各党小组要确实把思想统一到支委的思路上来，把思路贯彻到日常的工作中去；大队支委、党小组组长要牢固树立抓党建促工作的理念，把党的建设放在首要位置，抓牢抓实；大、中队领导要始终坚持“五带头”（带头严格执法、带头热情服务、带头文明执勤、带头遵章守纪、带头廉洁自律）、“六在先”（“两手”都硬抓在先、规范执勤走在先、严整警容做在先、困难工作干在先、紧急关头抢在先、危险时刻冲在先），以身作则，以上率下，带头发挥好党员先锋模范作用；中队班子在工作中要学会运用批评与自我批评，开大会先开小会，协调全体先协调个别，团结绝大多数先团结关键少数的工作方法，认真履行职责，真正转变作风，提高执行力，发挥好党小组战斗堡垒作用。三个节点也就是抢抓新民警传帮带、金砖会晤安保、迎接党的十九大胜利召开这三个时间段，即本工程的三个实施阶段。二类竞赛为内务条令夺标竞赛和基础体能达标竞赛，这将紧密挂钩岗位考评，每月考，每季评，年度总评，分别根据《岗位考评》和《实施方案》兑现分数，全警参与，全方位督导，全年度贯穿，全部兑现评比奖励。六项重点工作，一是可量化的政治思想工作标准，二是实体化的二级指挥平台运作，三是动态化的类案严控快处机制，四是精细化的训练班课时制管理，五是常态化的微警讯交流平台应用，六是规范化的辅警队伍管理。

黄海强抓工作、抓纪律是严肃认真的，一丝不苟，“抓党建、抓纪律、抓管理，这必须先抓自己，做好表率，必须铁面无私”。黄海强回忆说，当年陈伟强任大队长时，各项工作都抓得特别紧，感觉他就像是拿着鞭子一样，谁做得不好就是一鞭子，让你快马加鞭迎头赶上，在这方面自己要向前辈学习，也绝对不能“心慈手软”。然而，在日常生活里黄海强却总是面带微笑，笑言笑语，很有亲和力，跟所有队友都像兄弟一样可以轻松地开玩笑，球场上看到队友丢球了，他会骂人“笨蛋”，很多人的生日他都记得住，他还热心地在朋友圈为队友当媒人，大家调侃他想“吃猪脚”（闽南习俗，为人做媒成功，当事人要送媒人一只猪脚），可惜他至今还没吃到，不过他坚信，他一定能够吃到的……

“漳州110”新勤务改革风生水起，之所以能够在最短时间里取得良好的效能，得益于各级党委的大力支持，得益于它有一个团结合作的领导班子。黄海强作为班长，对党忠诚，率先垂范，勇于担当，敢于管理，与教导员郑瑞钟，副大队长张斌、李来财、郑宇宁凝心聚力，精诚协作。俗话说，“一个好汉三个帮”“人心齐泰山移”“众人拾柴火焰高”，这说的都是同一个道理，一个好的班子必定是团结的班子，一个团结的班子必定能够攻坚克难，无坚不摧。

说起来，教导员郑瑞钟也是一个老“110”了。1999年，他从福建警察学校毕业就进入“漳州110”当民警，当年全市举行巡特警大比武，他初生牛犊不怕虎，也参加了集训，然而测试成绩并不理想。他凭着一股冲劲，自我加压，笨鸟先飞，以超常规的强度刻苦训练，终于在市赛中脱颖而出，并被选拔为省赛选手，在当年的省赛里，漳州队获得团体冠军，他也取得了个人全能第六名的好成绩。2001年，郑瑞钟再次参加省赛，也取得了不俗的成绩。2004年，省赛在漳州举行，郑瑞钟感觉自己的年纪过了最佳运动期，而且省赛时间恰好与自己举办婚礼的时间冲突了，他就不想参加比赛了。可是，这时候巡特警大队挑选参赛的人员还不够人数，大队领导想到了郑瑞钟，便来找他，准备动员他报名参赛，他一见领导就明白领导的意图了，马上说，那我推迟婚期，参加吧。郑瑞钟毅然决然报名参加为期三个月的封闭集训，克服了自己年纪较大、体能跟不上的弱点，忍受着超极限的苦累，每天挥汗如雨，受伤甚至流血也不轻易放弃训练。他知道这不仅仅是代表市局在比赛中获得好成绩，更重要的是学会在艰苦的条件下挑战自我，磨炼自己的意志，从而养成战胜自我的毅力和决心，这对自己一生的警察生涯也是大有裨益的。

2004年全省巡特警岗位技能大比武9月底在漳州举行，漳州队再次获得团体冠军，而郑瑞钟也超越了自己，获得个人全能第四名。三个多月高强度的比武集训，让他变得又黑又瘦。他的婚礼推迟到10月中旬举行，很多前来祝贺的亲戚朋友和同学看着郑瑞钟，竟然认不出来了，很多人打趣他说，你是不是刚从非洲回来啊？调侃他是“非洲来的黑新郎”。

郑瑞钟担任“漳州110”教导员，摆正位置，和大队长黄海强积极配合，在“律警工程”领导小组里担任执行副组长兼办公室主任。这个职位意味着他要做许多具体而琐碎的事务。他总是尽心尽力，出色地完成了各项工作。2020年底，因为工作需要，郑瑞钟被调整为市公安局国保支队副支队长，原来的“漳州110”教导员职务由副大队长张斌接任。

张斌1983年出生于诏安县官陂镇，那是一个民风剽悍的客家山村。他从小身强体壮，顽皮好动，是远近有名的“孩子王”。张斌的父亲是诏安县公安局警察，工作繁忙，时常不在家，但是一回家就跟张斌谈话，询问学习成绩、思想动态，对他管教很严。1996年总政歌舞团到漳州市公安局慰问演出，父亲获得了一张观摩票，这让张斌非常羡慕，父亲可以到现场观看那些明星的演唱跳舞，这是多么荣耀的事情。他心里升起了对警察这一职业的向往，父亲对他说，你要当好警察，光有好身体是不够的，还要读书，长脑子。张斌从此变得爱学习了，顺利地考上福建警察学院。2004年，张斌毕业后考入了漳州市公安局，被分配在特警大队。入警时的训练特别辛苦，抓捕与控制技术、应用射击、警组战术、攀登、综合体技能、群体性事件处置队形等等，张斌吃苦耐劳，表现良好。成为一名警察，这是他的梦想，而特警无疑是警察中的硬汉，这特别符合他心里的目标，他在日常训练、巡逻工作中兢兢业业，各方面表现出良好的素养。

2007年大年除夕，正是万家团圆吃年夜饭的时候，南靖县船场镇张坑村发生了一起恶性杀人案件。那是大年三十下午5点多，当地村民吴某盛，手持劈刀冲到吴某源家中一阵乱砍，导致两人被砍死，另有五人被砍伤。这一重大案情一下传开，引起当地社会恐慌。漳州市公安局、南靖县公安局领导火速前往现场，指挥抓捕嫌疑人。张斌记得当时他在特警大队值班，年夜饭都还没有吃完，便接到紧急集合的指令，大家迅速集合上了警车。

那些天天气特别冷，正是闽南所谓“黑寒”时节，张斌和队友们从市区一路颠簸到了南靖西部山区的小山村，这个案发现场已经集合了近300名警力，寒冷的空气里还透着一种紧张的气氛。张斌所在的特警大队被誉为“公安尖兵”，他们的到来给这个突然从热闹喜庆变得沉寂恐慌的小山村带来了一些安全感。在指挥部的统一调度下，全部警力每四人分成一组上山搜捕，同时认真开展走访排查，并围绕犯罪嫌疑人可能逃匿的方向，在山脚下的各个路口设立了16个关卡，检查过往行人，进行围追堵截。经搜查，警方在该村后山上发现了凶犯遗弃的摩托车。据分析，犯罪嫌疑人极有可能在作案后趁着夜色逃窜到山上，藏匿于深山密林之中。第二天，警方对海拔1000多米的大山展开了地毯式搜捕行动，并组成10个突击小组，在熟悉地形的当地群众带领下，对犯罪嫌疑人可能落脚的山洞、废弃房屋等进行全面搜索。同时，警方印发上万张协查通报，悬赏2万至10万元发动群众提供线索，还调来高音喇叭向山上喊话，开展政策攻心……

张斌白天参加了突击小组的搜索，又累又饿，因为事发突然，正是过年期间，后勤保障一时跟不上，小山村杂货铺里所有能吃的东西都被买光了。夜间张斌和几名特警还被安排在死者家里蹲守，因为嫌疑人扬言要杀死死者全家，他有可能潜入死者家里。张斌和队友夜间便坐在装殓死者遗体的棺材旁边，严密监视着周围的一切动静，肚子饿只能忍着，还不能睡觉，通宵达旦。

可是，两天过去了，搜捕行动仍然如大海捞针，那个犯罪嫌疑人像是人间蒸发了一样，没有一丝踪影。参加行动的民警们全都疲惫不堪，他们夜以继日，连续作战，渴了就喝一口山间的泉水，饿了就啃一口干粮，累了就靠着大树休息一会儿，不少人因奔波在崎岖不平的山间小路上，脚底磨出了一个个血泡，手上、脸上被密集的荆棘划出一道道血痕……或许是嫌疑人看到满山都是警察，深感山中已难藏身，或许他也撑不住了，在饥饿、疲惫、寒冷中熬了两天三夜后，他偷偷潜回了家中。这一情况随即被蹲守的民警发现，大批警察向他家的房子围拢而来。

犯罪嫌疑人回家后就爬上床呼呼大睡，几名特警将他的床铺团团围住，一边按住他的双手铐上手铐，一边问道："你叫什么名字？"犯罪嫌疑人睡意蒙眬地脱口而出："我是吴某盛。”他睁开眼来，看见满屋子都是全副武装、荷枪实弹的警察，惊慌失神，全身瘫软得像一摊泥，两名特警把他从床上提了起来。

这次抓捕行动给张斌留下了很深的记忆，两天三夜没合眼，又时常处于挨饿状态，这对自己的体能和意志都是极大的考验，他算是顺利通过了这次“大考”，挺了过来。后来在多次的行动中，他进一步得到了历练，实战能力和现场经验都有了很大的提升。在特警大队，张斌成了政治过硬、本领高强的业务尖子。

2016年“漳州110”重新组建时，张斌被任命为副大队长。他坦言，刚开始时似乎还有些不适应，因为在特警大队工作期间，针对的主要是暴力型犯罪的嫌疑人，而“漳州110”面对的主要是广大的普通老百姓，维护治安的同时是服务群众，这个工作性质还是有所不同的。张斌加强学习，虚心向班子成员请教，提高政治站位，强化政治担当，思维模式迅速转变，很快进入了工作角色。其实，只要有一颗为人民服务的心，不论什么工作，都是可以做好的。张斌就是带着这样的赤子之心在新的岗位上奋发有为，积极进取。

2020年底，张斌接替郑瑞钟成为“漳州110”教导员，他感觉肩上的担子更重了。这个英俊帅气的小伙子，理了一个锃亮的光头，双目炯炯有神，脸庞上是更加成熟稳重的神情。

在“漳州110”基地采访期间都没有见到副大队长李来财，原来他被上级借调到市纪委监委了。有一天，我在采访黄海强大队长时，旁边坐了一位干练朴实的警察，默默地听着，开头我以为是哪位民警，黄大队长一介绍，才知道他是副大队长郑宇宁。

郑宇宁1986年出生于华安县，父亲是中学老师，母亲是乡镇干部，从小在一个家风正、家教严的家庭里长大。他爱读书，也贪玩，高考之后准备报考福建农林大学动物医学专业。他喜欢小动物，想以后做一个宠物医生，将是非常好玩的事情。可是，他这一选择父母都无法接受，坚决反对。在父母的压力下，他不得不报了提前批的福建警察学院。他想，如果不被录取就好了。可是他还是被录取了，他的分数超过录取线很多，不能就读自己喜欢的专业，他很不情愿地到了福建警察学院报到，读的是刑事侦查技术专业。整个学期他都无心上课，老想着回去复读，重新报考另外的学校，期中考试考得一塌糊涂，期末考试他干脆都不去考试了。老师把这一情况反映给家长，郑宇宁的父母震惊了。他们立即赶到了学校，苦口婆心地做他的思想工作。父母都是文化人，他们不厌其烦，旁征博引地从各个角度、多层次地分析郑宇宁的思想动态，终于把他说通了。他也认识到了自己所学的专业的意义，意识到毕业后如果能够当一名警察，能够救治、帮助很多人，具有不可替代的社会价值和人生价值。经过学校老师同意，郑宇宁挂科进入新学期，他从此变成了另外一个人似的。哲人云，思想决定行为。他转变过来的思想化作了无穷尽的动力，每天泡图书馆、实验室，请教老师同学，刻苦攻读，一本又一本地做笔记。一个学期下来，新的科目门门都是优秀，原来缺考的科目经过补考，也全都通过。毕业之时，郑宇宁已经是本专业里品学兼优的学生，很轻松就考进了漳州市公安局。

进入公安局后，郑宇宁被分配在特警大队。成为一名优秀警察，已经成为他坚定不移的人生目标。大文豪歌德说："我们的生活就像旅行，思想是导游者，没有导游者，一切都会停止，目标会丧失，力量也会化为乌有。"这时有一个思想引导着郑宇宁，使他目标明确，浑身上下充满了力量。平常他刻苦训练，在古雷、诏安禁毒，云霄打假等多项专项行动中，他表现勇敢，冲锋在前，多次受到嘉奖。"漳州

110”重新组建后不久，他被上级任命为副大队长，从警生涯中开始了一个新的征程。他低调地做人做事，跟队友们打成一片，遇有重大警情总是靠前指挥，冲在队员前面。因为工作忙，郑宇宁比较迟才结婚，妻子也是警察，在云霄县公安局做内勤。2020年底，他们的孩子出生了，郑宇宁没有请过一天假，只有利用休息时间回去照顾妻子和孩子。

目前“漳州110”领导班子只有三人，这意味着他们三个人每隔三天就要轮到一次24小时的值班，在值班室，在电脑前，用对讲机跟路面巡逻的所有梯队保持着时时刻刻的密切联系。在这一个个不眠之夜里，正是因为有他们的守护，漳州才变得越发宁静和美丽……

台风中最美的身影

漳州是台风多发地区，每年都会有几个台风袭击或者过境。2016年9月10日晚上，第14号超级强台风“莫兰蒂”掠过台湾东南部，逐渐向福建、广东沿海逼迫。漳州下起了大雨，全市启动了防抗台风紧急预案。风雨交加的街面上，车辆、行人骤然减少，商店、超市也几乎全关门了。风雨中闪现的身影除了交警，还有“漳州110”民警，他们风雨无阻，出现在大街小巷，第一时间处置各种突发警情和群众求助。9月11日凌晨2点，空旷的城市，雨暂停了，风还一个劲地呼啸着。“漳州110”四中队中队长林少伟开着巡逻车，顶风驶过几条街道，来到漳州五中大门口，看到周围的树横七竖八倒了好几棵，那几棵还在风中顽强坚持的，前俯后仰左右摇摆，看起来也快要挺不住了。坐在副驾驶位上的辅警蔡益亮突然紧急地大叫一声：“队长，前面的树要倒了！”林少伟神速地一挂倒车挡，车子唰地往后退。就在这时，前面的一棵大树轰的一声，往下砸了下来，树枝从挡风玻璃上划过去，粗大的树干就砸在车牌前面。要是慢了那么一秒，后果不堪设想。命悬一线，好险啊，幸亏这两个训练有素的“110”警察抢先了一秒。林少伟惊魂未定地停住车，喘了一口粗气，为了缓解气氛，他对蔡益亮说：“这狗屁台风叫什么不好，偏偏叫‘莫兰蒂’，要是慢了一秒，我们真的就‘没人在’（莫兰蒂闽南语谐音）了。”蔡益亮故意扮了鬼脸说：“队长，我想回家找我妈。”

这时，林少伟的对讲机响了，原来家芗0596小区有一套房，被房东违规改造成多个单间出租，其中一堵隔墙倒塌，堵住了几个房间共用的唯一通道，有人员被困，需要解救。他判断这警情比较重大，一边绕过倾倒的大树驶往现场，一边呼叫附近的梯队增援。倒伏的行道树、刮倒的广告牌，路面上一片狼藉，有的低洼路段还积了水，水中停着熄火的车辆。林少伟驾驶警车冲过积水，绕过了许多障碍物，总算来到了家芗0596小区门口。那里横着一棵大树挡住去路，他们只好下车往小区里面跑去。另一梯队的民警也到来了，一起向里面跑。副中队长万鹏头上的一棵大树慢慢往下倾倒，他毫无察觉，跑在他身旁的蔡益亮见状不妙，急忙往前推了他一把，他踉跄着往前跑出几米，那棵树"咔嚓"一声，就倒在了他身后。万鹏顿时吓出一身冷汗。好家伙，这树要是砸在身上，不死也是半条命啊。林少伟连忙提醒大家注意安全，同时体恤地对万鹏说："你先在楼下压压惊，我们先上去。"

警察们冲到楼上，只见那套房间里隔墙已经倾斜了一半，随时可能倒塌。他们侧身从缝隙中挤进屋里，看到一名男子用身子顶着阳台的玻璃门。外面的狂风吹得玻璃门门框变形了，门怎么也关不上，如果被大风吹开，这房间肯定被扫荡一空，那堵倒了一半的隔墙更是必倒无疑。那男子快要顶不住了，见到警察如遇救星，用快要哭出来的声音说：“快来帮我……”林少伟等人上前用肩膀顶住玻璃门，那男子被替换下来，几乎软瘫了。林少伟一边顶门，一边指令伙伴们赶快组织房间里的住户撤离。有一扇窗户被风吹开，一阵狂风猛灌进来，两只拖鞋立即像纸片一样飞到了空中，厨房里的锅碗瓢盆叮叮当当奏起了恐怖的曲子。林少伟得知群众已全部撤离，这里不宜久留，急中生智，搬来了沉重的沙发和粗笨的桌子，堵在了玻璃门后面，总算把风挡在了外面。

带领队员回到停靠的岗亭，林少伟嘘了一口长气。这次救援行动持续半个多小时，大家累得快要趴下了。累倒不要紧，想起来最后怕的还是“万一”，万一那隔墙全倒下来，万一玻璃门被风吹开，幸亏是有惊无险。大家从紧张状态中缓了过来，感觉像是死里逃生一样，不由得说起了各种段子。稍作休整后，他们继续上路巡逻。风一直没停，歇了一阵的雨又来了。这个风雨交加的台风夜，大家都躲在了家里，只有这些“漳州110”警察直面大自然的暴怒，看着电线杆在风雨中倒地，放置广告的钢架被拧成麻花似的。他们有时下车拉上警戒线，预防群众遇上危险，有时下车把方便处理的障碍物移开。天渐渐亮了，城市在台风天里慢慢醒来。到了早上7点半下班，他们一个个累得恨不得倒头便睡，分别时却也不忘记相互调侃一句：“这个夭寿的‘莫兰蒂’，幸亏我们都还在！”

2017年6月2日下午，漳州市区突然昼如黑夜，大雨倾盆而下。据气象部门监测，短短时间里降雨量达到100多毫米，达到了大暴雨级别。这突如其来的暴雨造成市区多处低洼地区内涝成灾。“漳州110”的电话几乎被打爆了，所有的梯队都就近出警，迅速投入到抢险救灾的最前线。下午3点多，待御新村传来求助警情：大水漫入多处房屋，多名老人孩子受困。灾情就是命令，时间就是生命。“漳州110”六中队的游文明梯队接警后立即赶往现场，一路上电闪雷鸣，暴雨如注，他们小心谨慎地加速行驶，不到五分钟就赶到了待御新村，看到整个小区几乎被洪水包围，成了孤岛一样。有个女士在阳台上大声呼救，她女儿身有残疾，在床上动不了，洪水快要漫上床了。游文明、叶杰伟蹚过淹到膝盖的大水，走进这个女士家里，看到大水不断地涌进房间，她女儿躺在床上显得孤独无助，眼看大水就要涨上来了，情况十分危急。游文明屏住气，双手抱起残疾少女，一口气抱到了安全地带。

这边刚刚安置好母女俩，那边又有人说，隔壁幢的楼里有一个独居老人被困家中。游文明和叶杰伟顾不上歇口气，立即蹚水走过去，一间一间地搜寻。当他们推开老人的房间门时，看到老人坐在屋角的木柜上，神情茫然。游文明和叶杰伟走到他面前，说，老伯，我们背你到安全的地方。老人摇头说，不用。游文明说，大水还在涨，这里不安全。老人固执地说，我就在这里。游文明和叶杰伟轮番劝说，老人还是不肯听，执意地要待在这木柜上。游文明无计可施，眼看大水涨到腰间了，情急之下问老人，你家孩子住在哪里？记得电话吗？老人报了一个女儿的电话号码，游文明立即拨通了电话，向老人的女儿简要说明了情况。在女儿的劝说下，这个老人终于同意警察把他从柜子上背下来，背到安全的地带。这个老人人高马大，身体壮实，游文明背起他一下就感觉到有点吃力，为了不让他身体浸泡到水，游文明把腰弯得很深，几乎快成90度直角了，叶杰伟在后面帮忙托住，他们就这样在水中背着老人一步一步地走到安全地带。这个吴姓老人事后为自己开头的固执而感到过意不去，逢人便夸“漳州110”。当时，其他梯队的民警也赶来了，挨家挨户去敲门，仔细搜寻，确认没有任何人员受困，还帮忙把一些人家里来不及转移有可能浸泡到水的贵重物品搬到了高处。经过两个多小时的全力营救，受困人员全部得到了妥善安置，一个都没有落下，而民警们有的腿脚被水中的锐器划伤，有的在大水中浸泡太久而感冒发烧。

其实对这个待御新村，“漳州110”民警都不陌生，因为这里是低洼地段，每逢台风暴雨，总是积涝成灾，每一次都会派出大批警力前来救援。比较严重的还有一次，2006年5月，超强台风“珍珠”正面袭击漳州，时任“漳州110”二中队中队长的郑瑞钟带领十多个队员，蹚过齐腰深的积水，逆水前行，把受困群众或背或抱或扶，一个个救出来。待御新村的群众说，每一次都是多亏了“漳州110”，我们的低洼地势改不了，他们为人民服务的心也变不了，几十年如一日。作为台风多发地，漳州网友在网上戏称，漳州“女排三连冠”雕像那只高高托起的排球，就是一颗定风珠，任你是多大多强的台风，漳州人都不怕。殊不知，漳州人有底气，不怕台风，正是因为，这个定风珠就是台风天里许多迎风前行的顽强身影，他们用责任和担当为人民群众撑起了一片晴天。

“你认识这个‘110’吗？”

南昌路是漳州市区一条繁华的街道，街面上的房子、商铺这些年一直在长高、变靓。有个老人从巷子里走出来，脚步蹒跚地走到路口，她不敢再往前走了，停下来打量着面前川流不息的车辆和人群。这个老人叫管雪欣，今年将近90岁了，她家就在南昌路巷子里的漳州市总工会宿舍，退休前是总工会的干部。时间过得太快了，刚刚住到这里时，宿舍小区几乎是全漳州最好的，如今已经陈旧不堪，就像自己一样老了。孩子在厦门工作、定居，她独自生活，手脚还行，生活起居还可以自理，就是记性越来越差了，明明想要淘米做饭，走到厨房里却忘记了，走出来想了又想，过了许久才想起来，该做饭了。很多事情都记不住，可是偏偏有件事她记得牢，像是在心里打了个楔子一样，常常想起来，总觉得自己应该好好感谢一下人家。这个念头很强烈，令她不由自主走到街头，这时她看到了一个穿制服的人走过来，便连忙从口袋里掏出一张小纸条，小心翼翼地展开，向他问道：“同志，你认识这个‘110’吗？”

那个穿制服的是个税务干部，他停下来看了看老太太手中的纸条，上面写了三行字：

漳州110

吴海雄

林振华　王翔

“漳州110”他当然是耳熟能详的，但是这三个名字，他非常陌生，他也不明白老太太的用意，因为有事，只能摇摇头匆匆忙忙地走了。

“同志，你认识这个‘110’吗？”管雪欣转头又向另一个走来的人问道。那人看了看她的纸条，还是摇头。另一个路过的人好奇地凑上来看了一眼，说：“漳州110？就打110问问嘛。”管雪欣似乎没听懂他的话，对他咧嘴笑了一笑，她在街上怔怔地又站了一会儿，缓缓转过身子，一步一步走进巷子里的家。她不敢走远了，因为半年前，自己就走丢过一次，是“漳州110”三个小伙子把她送回家的，那时都还没好好感谢人家呢……

管雪欣记得那天她走到一家银行取钱，走出来时，天上下起毛毛细雨，她走过了一条街道，忽然发现这不是回家的路，两边的房屋和店铺都非常陌生，她愣住了，就在街头徘徊不前、喃喃自语……周围有人看到了这个迷路的老太太，就打110报了警。几分钟后，管雪欣还在街头焦虑不安，一辆警车悄悄停在了她身边，三个小伙子走了下来，和颜悦色地询问她住在哪里，她说总工会宿舍。这个还是记得住的，只是怎么走回去，真的记不住了。三个小伙子说，阿婆，我们送您回家。他们扶着她慢慢坐上了警车，她看着他们手臂上的红袖标很鲜艳，心里有一种舒服熨帖的感觉。警车很快开到了宿舍楼下，那三个小伙子下车搀扶着她走下来。回到自己的家里，管雪欣心里高兴得像个孩子，那三个扶她上楼的小伙子亲切地叫她阿婆，说您好好休息，我们走了。她一下急起来，这怎么行！连忙说，不要走不要走，你们叫什么名字？我要去你们单位让领导表扬你们。小伙子一个劲地摆手，管雪欣一再坚持，其中一个小伙子拗不过她的执着，便在她撕下来的笔记本一页纸上写下“漳州110”和三个人的名字。从此，管雪欣把这张小纸条像宝贝一样藏在衣服口袋里，时不时拿出来看一下，她觉得自己那天真是疏忽了，竟然没请人家喝一口茶，也没当面对人家说一声谢谢，越想越觉得过意不去。她听说“漳州110”现在不在丹霞路了，搬到一个新地方，她也没记住地点，总觉得必须多打听打听，最好能找到纸条上三个“110”的小伙子，当面道个谢。

别的事往往记不住，这个打听人的事倒是牢牢记着，管雪欣便常常走到热闹的街头上，看到穿制服的人便问，你认识这个“110”吗？可惜没人认得那三个小伙子。

时间一晃过去了五个多月，转眼来到2018年2月13日，管雪欣家楼下的杂物间被一个外来租客占用，她束手无策，想了半天，方才想起来，这个可以报警，找警察来处理。于是，她打了110电话。很快来了两个警察，问清事由，责令那个租户把杂物间归还了。看到警察臂膀上“漳州110”的红袖标，管雪欣猛然想起来，那三个小伙子臂膀上也有同样的红袖标，赶紧从衣服口袋里掏出那张小纸条，颤颤巍巍地展开来，说，同志，你们认识这个“110”吗？

出警的民警看了看纸条，说这三位都是我们的同事啊。

管雪欣兴奋地说，那太好了，代我向他们说一声谢谢，我一直很感激他们。

民警说，阿婆，不用谢，这是我们“110”应该做的。

管雪欣一迭声地说，谢谢，太感谢了，那天把我送回来，实在感谢啊，感谢啊……老人家似乎忘记了今天的事，只是一个劲地说着几个月前的经历。

出警的民警回去后，见到吴海雄说起今天管雪欣老太太找他的事。吴海雄一听，不由得怔住了。他是2016年警务改革时加入“漳州110”的，这几年来他帮助迷路的老人孩子找回家，具体有多少人多少起，他大都记不得了，但他还是记得管雪欣这个老太太的，一是她这个管姓在漳州很少见，二是管老太太显得很有修养。到底是当过干部的，自己和两个同事护送她回家，这只不过是分内的工作，微不足道，老太太却一直挂念着，这让他内心里久久涌动着一种温暖的感动。

吴海雄和林振华、王翔两个伙伴商量好，决定利用休息时间上门看望管雪欣。当老太太一打开门看到他们时，一眼就认出来了，她高兴得像个孩子，不停地比画着手势说：“我太高兴了，今天你们来看我，太高兴了，太感谢了，把我送回家，你们太好了……”

这个健忘的老太太，转身之间就忘记了回家的路，却一直惦记着帮助过她的三位民警。吴海雄他们听着她絮絮叨叨地讲述，心里感觉到作为“漳州110”一员的自豪和责任。

因为当初执意要对方写下名字，管雪欣老太太找到了帮助过她的人。实际上，“漳州110”出警帮助需要帮助的群众之后，是不给对方留名字的。管老太太是个特例。我有个同学的孩子，放学骑自行车回家，走神撞到路边的垃圾桶，摔倒在地。正巧“漳州110”巡逻车经过，两个民警下来把他扶起来，关心地问他哪里摔痛了，看他无碍，只是手上有点擦伤，给他送了创可贴贴上。孩子回家说起此事，他父母感激地说“110”真是太好了！你没问问人家名字？孩子嗫嚅地说，我不懂这些。

我还有个学生，夜里突然有紧急事情要赶回南靖老家，开车开到江滨路，车子没油走不了了。她焦虑万分，正好看到“漳州110”的巡逻警车从对面驶过来，到路边拦了车，警车停了下来。警察询问她需要什么帮助，后来载着她到附近加油站买了一桶油，又返回来，还帮她把油加好。事后她想，要是没有“漳州110”警察，那天夜里她就悲催了。也许是过于激动，当天晚上她都忘了问人家名字表示一下感谢，后来便做了一面锦旗送到了“漳州110”基地。

还有一次，我的一个亲戚带着不到3岁的儿子在九龙公园玩，她在九龙戏珠雕像前接了个电话，跟闺密聊天聊得火热，儿子独自往旁边走了。等她聊完电话，发现儿子不在眼前，周边找了找也没见着，不由得惊慌失措，孩子被拐走的新闻她可是看了不少，都快要急哭了。这时看见一个青年抱着儿子向她大步走来，儿子喊着“妈”，她心里的石头一下落地了。那青年把儿子抱还给她说，孩子出了西门，要往街上走，那里车多，非常危险。她连连点头说，感谢感谢，请问你叫什么名字？那青年已转身离去，头也不回地说，不用谢，我是“漳州110”。这是一个在休假的“110”队员。她没有管老太太的执拗劲，根本不可能问到名字。其实，知道或不知道名字，这并不重要，只要知道他们是“漳州110”就可以了。从此，我那同学和亲戚只要在街上看到“漳州110”警车开过或队员步巡的背影，总会投去充满敬意的目光，他们不认识具体的某个队员，但是他们知道“漳州110”这个团队里每个人都是好样的。

“别怕，‘110’警察送您回家”

老人迷路、儿童走失，如何帮他们找到回家的路？只要接到这一类求助警情，“漳州110”总是快速反应，心里把迷路、走失的人当作了自己的亲人，心急如焚——服务民生本无小事，老人迷路可能引发摔伤、交通事故等，而儿童是祖国的花朵、家庭的希望，他们走失很容易导致伤害、拐骗案件的发生，这绝对不可麻痹大意。“漳州110”警察们总是绷紧心中的弦，不管付出多大努力都要把他们安全地送回家。

早在“漳州110”建队之初，就有一个深夜送儿童回家的故事，令人记忆深刻。那是一天深夜1点多，有人报警说在路上看到一个2岁左右的小男孩，当时值班的民警陈春竹、王志强、魏亦修、张忠伟第一时间赶了过去。那个小男孩衣着单薄，双目含泪，见到这几个陌生的警察，吓得号啕大哭。陈春竹说：“别怕，‘110’警察叔叔送你回家。”他说着脱下警服裹住了小男孩瑟瑟发抖的身体，其他人跑去买来糖果、饼干给孩子吃，总算稳定了他的情绪。可是令人发愁的是，这个孩子说不出自己家在哪里，听他口音是外地来的。那时天又下起了毛毛细雨，四个警察只好轮流抱着孩子在附近“溜达”，同时通过报警台跟其他派出所联系，看是否有家长报警寻找小孩，得到的回答令人沮丧，但是警察们不灰心，抱着孩子继续走街串巷，整整走了两个多小时。走到一条非常狭窄的小巷时，抱着孩子的警察看到孩子眼神好像亮了一下，原来，他家就在这里。他的父母是从外地刚来漳州不久的打工者，发现孩子走失正急得团团转，突然警察把孩子送回来了，令他们全家喜出望外，感激涕零。第二天，孩子的母亲拿着锦旗来到“漳州110”表示感谢，激动不已，连声高呼：“共产党万岁！”

2017年6月9日上午10点左右，家住四季园著小区的小康与婆婆带着五个月大的儿子到南坑社区服务中心打疫苗。打完疫苗，小康看到日头比较大，担心烈日把祖孙俩晒坏了，就让婆婆带着儿子坐出租车回家，自己骑电动车回去。

回到家里，小康没有看到婆婆和儿子，按说她打车要比自己先回到家里，可是家里没人，楼道里也没人。她跑到小区门口问保安，保安说没看到小康的婆婆带着小孩进小区。在附近前后左右几个路口找了找，都没有婆婆和儿子的影子。她一下慌了，难道司机载错了地方？婆婆从外地来漳州不久，难道她抱着孩子走错了路？这么热的天，这一老一小到底在哪里？她急得快要哭了，突然想起“漳州110”，便掏出手机打了一个求助电话。

三分钟后，杨志祥、蔡益亮两位民警出现在小康面前。六神无主的小康这下多少镇定了一些，两位警察听她讲述了事情经过，一边安慰她，一边分析案情，祖孙两人有可能遇到的情况，要么是出租车司机载错地方了，要么是他们在小区门口下车后走失了。涉及一个老人和一个孩子，都是极需帮助的弱势人员，杨志祥随即把老人和孩子的体貌特征通报给其他路面梯队，请求协助搜索。这时，小康接到老公打来的电话，老公听说母亲和儿子不见了，怒声呵斥着她，她委屈地哭了。警察只好安抚她，问她记不记得出租车车牌，她摇头，再问和她一起打疫苗的有没有熟人，她还是摇头。杨志祥想起南坑社区服务中心有几个监控，便和蔡益亮一起带着小康前往调看。

功夫不负有心人，经过耐心的查看，杨志祥在监控里获取了小康婆婆搭乘的那辆出租车的车牌号，通过110指挥中心的查询，找到了出租车司机的电话。杨志祥立即与他联系，司机说："我把人载到四季园著小区门口，看他们下了车进了大门，我才开走。"得到司机肯定的答复，两位警察稍微放心了一些，如果确认人进了小区，那么搜寻的范围就缩小了。他们回到了小区，找到保安准备调看监控，不巧的是，小区监控这几天坏了，什么也看不到。两位警察商量了一下，便分头在小区里寻找，逢人便问有没有看到一个老人抱着孩子，把小区的每个角落都找了一遍，还是一无所获。小康的丈夫刘先生从外面赶回来，怒气冲冲地朝着小康吼叫。杨志祥急忙跑过来劝解他说："现在关键是找人，你不能发脾气，越是这样的情况，越要保持冷静的心态。"刘先生看到杨志祥身上的警服都被汗水湿透了，满脸晒得通红，感到有点过意不去。杨志祥说："多一个人，多一份力量，我们一起找，总会找到的。"

炎炎烈日下，两位警察在小区里四处寻找，找了一个多小时，他们询问指挥中心和其他路面梯队，也没什么情况。这时，两位警察的撤岗时间到了，也就是他们可以下班了，可是老人孩子还没有找到，他们怎么可以下班呢？他们一边擦着脸上的汗水，一边转着脑子在想，突然灵光一闪：地下车库！这地面上每一寸角落都找过了，但还没有下到地下车库去找。两位警察埋怨自己没早点想到地下车库，立即快步小跑起来，冲向了地下车库。

果然不出所料，他们很快在地下车库一处阴湿的角落看到了一个老人抱着一个小孩。老人正局促不安地轻晃着怀里的孩子，这正是小康的婆婆和儿子。两位警察不由得松了口气，紧绷的心终于放下了。小康和刘先生赶过来，一家人重逢时的激动和欣喜，让两位警察全然忘记了饥渴和疲惫，也跟着他们一起高兴。原来，小康婆婆忘记带钥匙，所在楼房的门禁开不了，上不了楼，外面天气炎热，她怕孙子晒坏了，就往里面走，误打误撞走进了地下车库。因为对小区不熟悉，不知道路怎么走，她身上也没带手机，不敢随便走，就一直待在了地下车库。

2019年9月11日下午5点18分，正在漳州古城巡逻的五中队吴志芳、林文川接到指挥中心指令，有个林先生报警，他80岁的老母亲陈惠芳在古城中山公园路口走失，需要帮助。他们骑着警用摩托车穿过稠密的人群，第一时间赶到了报警人林先生面前。原来林先生的母亲陈惠芳患有阿尔茨海默症，当天下午与老伴到古城游玩，两位老人在离开古城时，陈惠芳的老伴发现走在后面的陈惠芳不见了，怎么找也找不到，陈惠芳身上也没有带手机，老伴情急之下打电话叫了子女家人到古城寻找。找了许久都没有发现母亲的踪影，林先生这才不得不拨打了“漳州110”报警电话求助。

经过询问，得知陈惠芳女士当时身穿带花短袖，黑裤子，戴眼镜，手拿一把扇子。吴志芳立即向其他路面梯队通报走失人员的衣着样貌特征，迅速开展了搜索。他们根据老人走失的地点，徒步走进古城中山公园寻找。当时中山公园散步、健身的老人很多，天色渐暗，老人衣着普遍相近，很难一眼识别，最后他们只能逐一筛查排除，经过半个小时的查找仍然没发现。天色越来越暗了，他们果断转移到老人走失的古城内搜寻。临近夜晚的古城，行人越来越多，摩肩接踵地挤满了路面。吴志芳和林文川骑着摩托车在古城里缓慢地穿行，瞪大着眼睛四处搜寻。天黑了，吴志芳的对讲机里传来声音，“我们已经上岗，你们可以撤岗了。”也就是说，他们的下班时间已经到了，可是老人还没找到，他们怎么能下班呢？吴志芳、林文川置之不理，继续在古城周边扩大寻找范围，从台湾路、香港路、修文路等“小巷”，到博爱道、钟法路、南昌路、女人街等“大路”，不放过每一个角落、不放过每一个相似人员，全面进行“地毯式”搜索、“捞网式”寻查。终于，功夫不负有心人，在路过炮仔街路口时，吴志芳发现了一位和陈女士特征十分接近的老人家，急忙掉头追赶过去，经过核实，确认对方正是陈惠芳女士。林先生接到警察电话后赶了过来，激动不已地握着警察的手久久不放，说：“太谢谢你们了，下班了还继续工作……”

2019年10月30日下午5点30分，“漳州110”六中队张炜宏、林龙泉、陈俊伟警组接指挥中心称，在芗城区正兴医院住院部三楼走廊，报警人杜某与其孩子走散。警组立即出发，五分钟到达了现场，经了解，原来杜某照顾住院的妻子，把3岁的小女儿也带到了医院。他在妻子这边忙了一会儿，转头发现女儿不见了。三个警察立即联合护士和保安人员展开搜索，在三楼搜寻无果后，他们判断小女孩不在三楼，可能去了其他楼层，便将她的衣着外貌特征通过广播播报，让更多楼层的人参与搜寻，同时到监控室调取视频查看。通过将近半个小时的不懈努力，终于回看查到小女孩在电梯里自己按到十二楼，此时正在十二楼玩耍。警察来到十二楼，看到小女孩独自一人玩得正欢，也不忍心责备她，只是亲切地说，小朋友，爸爸妈妈来找你了。然后把她抱了起来，抱到三楼交到她父亲的怀里。他们回到基地交接完警用装备，已经推迟下班一个多小时了。

2019年11月3日下午3点多，“漳州110”电话响了，电话那头响起一个女士焦急的哭腔：“我奶奶不见了，请你们帮忙寻找……”原来黄女士及家人发现其奶奶陈某英外出走失，至今未归，多方寻找未果，便报警求助。接警后，图侦中队从调取的监控中了解并研判出当日陈某英走失的大致时间和方向，将掌握到的信息及时反馈给路面梯队。当天傍晚至夜间，“漳州110”路面巡逻由三中队负责。出发前，中队长韩勇明在队员集合时强调说：“今天有一条人员走失信息，相关内容已发至群里，请大家爱心接力，转发朋友圈，路面所有梯队在巡逻处警时注意发现。”

这条经“警方认证”的寻人消息一经发布，瞬间引爆漳州市民的微信朋友圈，人们纷纷转发，不少热心人利用各种方式寻找老人。得知有老人走失，民警占少玮内心非常焦急，他默默记下陈某英的体貌特征和出走路线，初步推断老人可能出现在自己的片区，在巡逻的过程中，认真寻找陈某英的下落。

11月3日晚上7点多，占少玮所在警组接到指挥中心指令，一群众称芗城区漳华路与益华路岔口某工地，有一名女性老人摔倒，行动不便且言语模糊。占少玮立即赶往报警人所在地，通过电话与报警人取得联系。听对方对老人特征的描述，占少玮下意识地觉得这个老人极可能是走失老人陈某英。

到达现场后，占少玮看见老人穿深灰色长裤，脚上是黑鞋子，面部特征也与照片基本一致，便问她叫什么名字。老人说得含混，但他还是听出来了正是陈某英，内心欣喜不已——老人找到了！占少玮立即将情况反馈给指挥中心，并与老人的家人取得联系，再三确认老人身体无大碍后，小心翼翼地把老人扶上警车，安全地护送回家。得到消息的老人家属早已到了小区门口，远远看到警车，就围了上来，按捺不住内心的激动，拉着占少玮的手，连声感谢。

斩断非法传销之手

作为一种新型经济犯罪，非法传销活动曾几何时在全国各地蔓延。漳州也被许多不法分子盯上了，他们在漳州搞了一些传销窝点，假借介绍工作、旅游、谈恋爱、做生意、投资等名义，通过亲友、同学、老乡、网友等各种关系将受害者骗到漳州，胁迫加入传销组织，然后软硬兼施，反复“洗脑”。为了逃避打击，传销组织变得更加隐蔽，组织者对传销人员加强了控制，甚至一些传销组织从精神控制延伸到了人身控制，非法传销演变为非法拘禁。打击非法传销，解救受害者，“漳州110”一直在行动……

随便翻开漳州当地报纸，就可以看到这样的新闻报道：

2016年9月25日，一名市民路过漳州市区延安北路省七建附近，捡到一张5元纸币，上面用圆珠笔写着“我被绑架在三楼，帮我报警”。这名市民报了警，“漳州110”民警立即赶往周围搜查，初步确定了可疑房屋，随后合力破门而入。这果真是一个传销窝点，里面住了十余人，求救的是男子刘某。他说，9月10日他被一女性网友以介绍工作为由，从广东省广州市骗至漳州，传销组织随即控制了他。他多天逃脱不了，无奈之际往楼下丢下写字的纸币，期望有人帮忙报警，本来也不抱太大希望，没想到“漳州110”几个小时就把他解救出来了。

2017年3月28日下午1点20分，“漳州110”接到冯先生报警称，其儿子深陷传销组织，位置可能在漳州市区内。民警了解得知，一个月前，冯先生儿子接到以前同学的电话，同学称在漳州做生意，让其来帮忙。冯先生儿子不听家人劝说一人来漳。冯先生前段时间接到儿子的电话，儿子支支吾吾，他才知道儿子被骗入非法传销组织了。冯先生随即赶到漳州，找了三天也没找到。3月28日，冯先生儿子的一个朋友联系他称，小冯通过微信告诉他窝点在五楼，阳台可以看到一条小河和两根电线杆上的变压器，冯先生急忙报警。根据冯先生提供的线索，有经验的民警猜测出几个位置，并一一带冯先生前往走访群众，搜索、了解附近有无发现外来人员、多名男女混住等情况。当搜索至漳州市区前锋新村附近时，发现旁边有条内河，河边有两根电线杆变压器，与线索比较吻合。民警就在附近排查，终于在前锋新村某栋五楼一房间内发现传销窝点。民警现场控制传销人员10名，也解救出冯先生的儿子，成功捣毁这一传销窝点。事后，抓获的这10名传销人员中有7名被漳州市公安局芗城分局刑事拘留。“漳州110”民警说，当时主要靠闻“传销味”找到该窝点。通常传销窝点对外的通道都紧闭不开，阴暗潮湿，人员吃、住、生活都在那里，长年不见阳光，这样的条件下，屋内就会形成民警所说的“传销味”，有经验的民警对这味道会特别熟悉。锁定大概位置后，民警一间一间地闻“传销味”，便快速找到了传销窝点。

其实，在“漳州110”的出警记录里，还有更多惊心动魄的案例。据统计，单单2017年、2018年这两年间，“漳州

110”便打掉传销团伙及其窝点180多个，解救受害者500多人。

2017年盛夏的一天中午，烈日炎炎，连空中吹来的风都是发烫的。正在延安北路巡逻的四中队民警万鹏、李晓晨接到指挥中心指令，前往解救一名传销受害者。原来有一个外地女子报警称，其弟弟在网上交了一个女网友，说是可以帮助他在漳州找到工作，他来到漳州后立即被带到了传销窝点，手机被统一保管，要打电话、发信息只能在“领导”的监控下进行，还时常挨打受骂，不准睡觉。她弟弟刚刚趁“领导”上卫生间之机，偷偷给家里打了个电话，让家里人报警，因为那“领导”很快要从卫生间出来了，他慌里慌张挂了电话，也没说清具体位置，只说附近有一家“雅家达酒店”，从阳台可以看到一间学校的操场。

万鹏和李晓晨脑子里都有一张地图，雅家达酒店在市区有两家，能够看到学校操场的就在延安北路和腾飞路交叉路口这一家，这里有一片密集的住宅楼，至少有八幢，到底会在哪一幢呢？每幢楼六层高，而且都没有电梯，排查量不小。按说这种无法确定地点的警情，可以移交给辖区派出所去处理。但是万鹏和李晓晨决定不放弃，尽快解救出受害者，他家人正在家里焦急地等待呢。人家这么信任“漳州

110”，一定不能让他们失望。万鹏呼叫其他梯队过来增援，每幢楼房逐户进行排查。

万鹏和李晓晨从一幢楼下来，又上了另一幢楼，汗流浃背，饥渴难忍，但他们并没有放缓脚步。当他们摸排到四层楼一间套房时，听到里面有一阵异常的响动，隐约可以听到几个人操着方言在说话。经验丰富的万鹏凭直觉判断这房间十有八九就是传销窝点，便上前敲门，里面的声音一下子全都停了，他更加确定了自己的判断。这时房间里突然传来窗户玻璃破碎的声音，在楼下楼梯口守候的民警抬头看到四楼房间有一个年轻男子头撞玻璃，嘴里大声呼叫着什么，立即用对讲机报告给万鹏。事不宜迟，万鹏狠狠一脚踹开了房门，把一房间的人都镇住了，那个头撞玻璃的人正是受害者，他一直想要逃出传销魔掌，刚刚听到门口有敲门声，情急之下头撞玻璃，试图引起他人的注意。谁也想不到，“漳州110”犹如神兵天降，这个偷打电话的受害者获救了，他惊喜交加，还以为在做梦呢。那个控制他的“领导”和其他十多个传销分子束手就擒。

漳州由夏入秋，而后入冬，早晚有了一些凉意，但气候还是相当宜人的，这令从安徽滁州来到漳州的吴士田有些意外。尽管已经是冬天，漳州却到处花红柳绿，阳光明媚，只不过他内心焦虑，面对美景更徒增烦恼——因为他不是来旅游的，他是来寻找儿子的。这是2017年12月13日，吴士田到漳州已经整整三天了，儿子却不知藏匿何处。二十几天前，儿子离家南下漳州。原来小吴在网上聊了一个女网友，听说他是学烹饪的，对方说她表哥是龙海宾馆的厨师长，那里正在招人，只要他想来，肯定就录用他，自己人嘛。小吴从她的用词和聊天表情里感受到了一股浓浓的情意，这让他心里狂喜不已。父母亲对小吴离家前往漳州的决定还是支持的，好男儿志在四方，漳州又是沿海开放城市，如果能在漳州找到一份好工作和一个好媳妇，这是多美的事啊。小吴到了漳州车站，给吴士田发了一条微信：朋友来接我了，要去龙海宾馆。这之后便悄无声息了，发微信，没回复，打电话，关机，整整两天处于失联状态，这让老吴一家人越想越觉得蹊跷，这显然不正常啊，手机没电随时随地可以充电，即使手机丢了或者被抢了，也可以打个电话回来的。老吴猛然想起来，儿子是不是被骗进传销窝点了？就在一家人急得团团转的时候，儿子的微信来了，他发了一条文字说，他在漳州挺好的，朋友们对他都很关照。老吴马上按了视频通话，却被拒绝，再按，同样被拒绝。这下老吴明白了大半，发了一条文字问儿子，你是不是被人骗去做传销了？儿子又是整整一天没回答，第二天发来了一条链接，那是一款价格昂贵的保健品，儿子在下面粘贴了一大段天花乱坠的文字。老吴心想儿子看来是落入传销魔窟了，全家人愁云密布，一时不知如何是好。过了一些天，儿子接连发来几条保健品的链接，老吴想了想，决定将计就计，先跟儿子视频一下，再决定下一步行动。他在微信里回复说，这产品好像不错，可以多了解一下。他按了视频通话，对方接了起来，这让他欣喜若狂，但是他很快发现了端倪，才几天不见，他看到儿子像是变成了另外一个人似的，精神沮丧，全然没有出门时那种兴高采烈的劲头，而且整个人好像也变黑变瘦了，像几天没吃没睡一样。父母亲看着都心疼，让他们匪夷所思的是，儿子那个女网友坐到了他身边，跟他一副很亲昵的样子，像是一对含情脉脉的情侣。这时那女网友扭头对身旁的人说话，儿子急忙用哑语口型说了两个字，老吴竟然听明白了，那正是“报警”两个字。视频中断了，儿子让父亲“报警”，这说明儿子已经被传销团伙控制住了。

一家人经过商量，吴士田决定前往漳州报警找回儿子。

坐动车到了漳州站，老吴想起儿子说的做厨师地点是在龙海宾馆，下车后也去了那里，一问才知道龙海是漳州下辖的县级市，便坐车前往龙海，在陌生的大街上彷徨了一阵子，他还是走进龙海市公安局报了警。警方经过侦查，发现小吴并未在龙海出现过，他的活动踪迹在市区，而且就在漳州监狱附近地带。老吴立即赶回了市区，来到漳州监狱附近的街区四处寻找，找了一会儿，他知道这样找人无异于大海捞针，便走进了南坑派出所。值班警察热情地接待了他，一边做了登记一边通过技术手段查找，虽然没有找到，警察告诉他说，他们会继续侦查的，如果能够提供儿子新的信息，可以随时打110。老吴坐在漳州街头冥思苦想，突然一拍脑门，我怎么不试着跟儿子视频一下呢？或许就能获得新的信息。老吴掏出手机按了儿子的视频通话，这回儿子竟然很快接起来了，他正在跟一些人在一家餐厅吃饭，周围环境比较嘈杂，老吴看到墙上写着三个字的店招：迪可士。他又激动又紧张，心几乎要跳出了嗓子眼，这下确切知道了儿子此时此刻的地址，他压抑着狂跳的心，闲扯几句家常便挂断了通话。儿子不知道父亲已经到了漳州，他身边的人更不知道，老吴退出微信就拨打了110。

“我儿子被传销团伙控制，现在迪可士餐厅吃饭。”吴士田用颤抖的声音向“漳州110”报警并提供了具体地点，然后他起身拦了一部的士也赶往了那个地方。

吴士田万万想不到，他报警后不到三分钟，“漳州110”民警林艳鸿和蔡小龙就赶到了位于延安北路的迪可士餐厅。此时正是中午用餐高峰时间，餐厅里用餐的人很多，餐厅左侧是儿童游乐区，一群孩子在嬉笑玩闹，右侧座位上顾客坐得满满当当的。面对如此复杂的公共场所，两位民警不敢轻易行动，他们一边在门口把守一边呼叫增援。

在等待增援的时候，林艳鸿用警察的眼光巡视着餐厅里的情况，发现右侧角落靠近卫生间那十来个人比较可疑。他们紧挨着坐在并排的三四张桌子前，一个个面色黝黑，眼神闪烁，其中七八个男子清一色留着小平头，这十来个人竟然只有一个人一边吸着可乐一边吃着汉堡，其他人都在傻坐。林艳鸿的眼光扫了过来，正好遇到了几个人的眼光。他们随即躲闪着低下了头，有的人起身离座准备走开。

增援未到而现场情况有变，林艳鸿必须当机立断采取新的措施，避免嫌疑人溜走。他和蔡小龙径直走上前去，严肃地问道：“你们在这里做什么？”那十来个人看到了警察，有的低下头，有的惊慌失措要跑。林艳鸿和蔡小龙伸出双手拦截，大声地喊道：“全都别动，我们是‘漳州110’，正在执行任务，请大家配合。”他们一下子控制了场面，让那十来个人把手机、身份证掏出来放在桌上配合检查。这时，增援的警察赶来了，开始逐一核实身份。吴士田正是在这时候赶到这里，他喘着粗气，用哆嗦的声音对现场警察说，我报的警，是我报的，我要找儿子。警察核实了他的身份，让他现场指认儿子。其实吴士田刚才跑进餐厅时已经一眼认出了儿子，低头不语的儿子感觉像是做梦一样，突然起身走向父亲。吴士田向前跨步，一把将儿子揽到了怀里。父子俩紧紧相拥，喜极而泣。

小吴情绪平静后，发现那个骗他来漳州的女网友刚才还在这里，这时却不见踪影，立即向警察反映了情况。警察在餐厅里搜索，很快发现那个女子躲在卫生间里，当场讯问，原来她正是这个传销团伙的头目。吴士田热泪盈眶地握着警察的手，不停地道谢，他没想到，“漳州110”警察比他还快就赶到了现场，如此神速。如果传销头目察觉到儿子刚才的视频聊天有异常，立即转移了地方，那就不知到哪里找儿子了。“漳州110”果然名不虚传，以超乎想象的快速赶到，落入传销魔掌的儿子毫发未损被解救了出来。吴士田不由得连声赞叹警察的神勇。回到安徽老家后，吴氏父子给“漳州110”寄来了一面锦旗，上面写着：人民卫士，一心为民。

这同样是一个外地父亲到漳州寻找儿子的故事。四川的李先生在2018年3月9日这天从外面劳作回来，突然收到久未联系的儿子的短信，说他被传销组织控制了，让父亲速来漳州解救他。儿子是年初离开家乡前往漳州的，说是那里工作好找，他准备好好工作赚钱，替家里分担压力，也攒钱以后结婚用。儿子长大了，懂事了，要出去打拼，李先生心里很欣慰，送他上了火车。开头一阵子，儿子几乎每天都跟父亲微信通话，最近突然联系少了，偶有联系都是向父亲要钱，父亲问他是不是找工作不顺利，他支支吾吾地不肯说。前几天，儿子干脆就失联了，手机和微信都联系不上。李先生一家人虽然焦虑，但想到儿子一个大小伙子，应该不会有什么事，也就没往坏处多想。现在儿子突然发来短信，李先生一下子震惊了，传销这种事他多少还是知道一些的，村里就有一些人被搞得家无宁日，倾家荡产。李先生当即拨打儿子的手机，关机了，请求微信通话，无应答。一夜未眠，李先生决定天亮就去搭车前往漳州。

李先生到达漳州已是3月11日凌晨5点，此时城市似乎还没有醒来，他茫然地站在陌生的街头，用颤抖的指头摁着手机上的号码，1、1、0。他听说过这个110很灵，现在他全部的希望就寄托在这里了。

电话接通了，里面一个温婉亲切的女声说：“您好，‘漳州110’，请问您需要什么帮助？”李先生张嘴就用“川普”哇啦哇啦地说起来，一说完他才想到对方可能会听不懂，那个好听的女声告诉他说：“好的，您就在那边等着，我们马上派警察过去。”

李先生放下手机呼了口气，一天一夜的旅途劳顿，对他来说不算什么，他心里最挂念的是如何找到儿子。就在他叹息之际，一辆警车停在了他面前。他愣了一下，这么快呀，连忙奔上前去。

蔡权泉、赵一涵两位民警从车上走下来，关切地询问李先生什么情况。李先生像是见到救星一样，拉着警察的手，哽咽着把报警的事情一五一十讲了一遍。两位警察一边听一边宽慰他说，慢慢说，我们会帮你的。

李先生向警察提供的儿子的信息十分有限，除了相貌特征和手机号码，有关传销组织的名称、位置，一概没有。蔡权泉试着打了一下小李的手机，还是关机，他提示李先生儿子有没有发过什么图片、链接之类的。李先生拿出手机，在微信里找到儿子发的一张百度照片立体截图。两位警察一看眼睛就亮了，这张实拍的百度照片看起来非常熟悉，根据他们丰富的经验，判断这是在新浦路的前锋新村。这里属于20世纪八九十年代建造的旧小区，因为交通便利，房租比较便宜，颇受传销组织的“青睐”。“漳州110”到这里打掉过几个窝点。

考虑到传销窝点常常聚集较多人员，蔡权泉呼叫了其他梯队增援，便带着李先生前往前锋新村。此时天刚蒙蒙亮，这个敞开式小区还没什么行人，一片寂静。蔡权泉和赵一涵走上了楼顶，根据那张百度照片做现场比对，经过仔细辨认，初步确定了楼栋单元和具体房间。这个确定了，距离目标就近了，大家一下子都兴奋了起来。

天渐渐亮了。警察们轻手轻脚走上七楼，靠近了目标，在那间房间门上敲了敲，没有回应，耳朵贴在门上听里面的动静，什么也听不到，静得出奇。如果里面有人，按说这么早还不会外出，难道是判断有误？赵一涵自告奋勇，登上了天台，从那里可以看到七楼的一些情况，他发现七楼阳台上晾晒着许多衣物，其数量、品种远远不可能是一个家庭所有的。赵一涵汇报了这一情况，蔡权泉感觉不会有错，通过警务通系统扫描识别了门牌二维码，联系了指挥中心，请求获取房东信息。很快，房东的电话号码传来了。蔡权泉联系房东得知，房子目前出租，一直有人在住。蔡权泉让房东过来开门，同时让伙伴们继续敲门。几个警察轮番上去敲门，一边敲门一边向里面喊话，讲法律法规的威力，讲亲人寻找的焦虑。耐心的劝说总算有了结果，里面有了一阵阵响动。还没等到房东来开门，门突然从里面打开了。

警察们迅速冲进了房间，一看这就是一个典型的传销窝点，墙壁上还挂着写满字的小黑板。八个年轻小伙子有的双手抱头蹲在角落，有的呆呆站着。李先生一眼认出了自己的儿子，把他拉到怀里，看他变得憔悴消瘦的样子，不由得流下辛酸的泪水。警察开始核实他们的身份证，包括李先生儿子在内，几个人答话时眼光都时不时瞄了瞄另外一个人，欲言又止，这自然逃不出警察的眼神。警察把他们分开讯问，很快了解到其中三人是这个传销团伙的小头目，包括小李在内的五个人则是受骗者，他们被传销组织以招工为名骗来这里，身份证、手机、钱包都被统一管理，每天听课读材料，如果流露出想要离开的念头，便会遭到训斥、威胁，甚至拳打脚踢。小李前天利用上卫生间的时机偷偷给父亲发出了求救信息，他本来不抱什么希望了，今天晚上他们这个团伙就要离开这里，转移到别的城市，没想到，天还没亮多久，警察就带着父亲上门把他解救出来了。

办理了相关手续，李先生带着儿子跟警察道别，此时正是上午9点，距离他报警时间只过去了四个小时。他感激涕零地说："我以前听说'漳州110'又快又灵，今天总算见识到了，太出乎我的意料了，你们真是太快太灵了。"

一夜未眠的蔡权泉和赵一涵本来早上7点半就可以下班，为了解救李先生的儿子，他们一直忙到这时候，看到他们父子相聚，两人尽管全身疲惫不堪，心里却是非常欣喜，李氏父子的笑脸让他们觉得自己的付出是值得的。

一花引来百花香

"快速反应、热情服务"，网格化、全天候巡防接处警模式，市区主城区时刻保持16个梯队32名警力在街面巡逻接处警，全队年均处置警情数39000起，年平均巡逻里程数可以绕地球20圈……须知，这只不过是一支240人的警队，警力有限，而日益增多的报警电话里有不少是非警务的，比如水管破裂、路灯不亮、挪车，等等。为了不让有限的警力陷入困境，好钢用在刀刃上，漳州市委、市政府早在1998年就建立了以“漳州110”为龙头骨干的“110社会服务联动机制”。在新时代的新形势下，如何强化、优化这个有效的机制？一花独放不是春，百花齐放春满城。“漳州110”作为一个优质品牌，应该发挥更多的示范作用，从警界到社会各个领域全面呈现辐射效应。

2017年，漳州市委、市政府全力打造“民生110”，即“12345”便民服务平台。这是一个非应急性政务服务平台，整合了110、120、119等紧急求助电话之外的政务专线，实行“12345”一号受理；拓展“12345”便民服务平台覆盖职能部门，由原来几个扩大到60个，受理范围更宽广；全面开通网站、邮件、传真、短信等网上网下受理渠道，群众咨询、投诉、建议、求助等，不仅可以使用电话、传真，还可以使用电脑、手机，既可以发送文字、语音，也可以发送照片、视频，受理方式更加多样。参与的相关部门强化大局意识和责任意识，树立“一盘棋”思想，既各司其职又相互合作，加强系统指导，共同研究解决工作中出现的困难和问题，确保了平台全面启动、平稳运行。2019年6月15日，从技术上打通110与“12345”“12319”“12348”三平台“三方通话”“系统流转”功能，实现68项非警务事项报警有效分流处置，同时宣传、引导群众直接拨打三平台反映非警务诉求，从源头上解决非警务事项分流问题。截至2020年2月28日，全市110报警服务台流转至三平台的非警务事项12441起；“12345”“12319”“12348”三平台分别接非警务事项求助电话117944个、3239个、7165个，合计128348个，同比上升106.23%，切实为基层减负增效，为群众精准服务。“漳州110”与“民生110”的无缝对接融合，使人民群众在享受服务的过程中体验到了更多的获得感。

在“民生110”之后，“民间110”上线了。这是一次群防方式的重大转变，一次群治模式的深刻变革。2017年初，漳州市委政法委、市公安局在市委、市政府领导下迅速启动全市平安志愿者队伍建设项目，以“110+”“互联网+”为理念思路，开发设计了“芗里芗亲”App，对接

“12345”便民服务平台，将互联网的创新成果与传统群防群治深度融合，有效激活漳州群众参与社会群防群治热情，实现社会治理“共治共享”。

“芗里芗亲”App作为“民间110”，规模庞大，气势如虹。它是一种创新大巡防，“芗里芗亲”平安志愿服务项目采用开放式注册模式，一开放就满城“吸粉”，目前共注册志愿者将近30万名，队伍4485支。项目组运用大数据分析治安热点、难点，精确规划巡防路线，在全省首创“单位预约+个人抢单”相结合的志愿巡防模式，最大限度满足志愿者巡防时间的个性化需求。项目上线以来，全市志愿者共有1200余万人次通过预约和抢单参与巡防，实时在线志愿者保持在3000人左右，高峰时段可达1.4万余人同时在线。它又是一种网格大服务：项目组设立了“违法举报”“线索征集”“隐患排查”“车辆违章随手拍”“App自助挪车”“自助开锁”“轻微交通事故快处”“招聘信息”等十余项便民服务项目，同时掌握各综治平安单位、社会组织的职能、资源，博采众长，设置“网格服务”模块，集合志愿者群体的优势力量，由志愿者组团发出申请，为社区群众提供服务。

“头戴小红帽、身穿红马甲”，这是漳州平安志愿者们的标志。在漳州市区的古城中，就活跃着一支“古城厝边”志愿者巡防队，每天按两班次巡逻，每班次四人，实行早晚巡逻、重点巡逻，在巡查隐患和预防犯罪的同时，开展治安宣传、文明劝导、调解纠纷、排忧解难、讲解古城文化，助力破解古城游客纠纷、租赁纠纷、安全隐患多的难题。其中有这么一群不“小”的小红帽，也贡献着自己的一份力量，她们就是可爱又可敬的“古城厝边”阿姨。

“最近几天傍晚，我老看见一两个年轻人在套房楼下抽烟，神色很奇怪，邻里和他们打招呼也都不应。最奇怪的是，上次碰见他们买大白菜，一买一大编织袋。我和其他队员觉得很可疑，有一次留心跟到了他们在炮仔街的套房，注意到他们门窗老是紧闭着，觉得很像在搞传销，赶紧过来报案。”2017年4月8日，芗城公安分局西桥派出所接到了来自“古城厝边”阿姨的报警。接警后，警察立即赶到现场。敲门许久，无人回应，警察亮明身份在屋外喊话，室内人员还是不予理睬，只好叫来房东，没想到门被反锁了。叫来开锁师傅，开锁师傅折腾许久也无法打开房门，警察们只好破门而入。屋内多人确系传销团伙，其中一个陕西小伙是被人骗来的，受到颜某等三人的控制。不久，颜某等三人因涉嫌非法拘禁罪已被刑事拘留。

“这是我第一次自愿报名参加平安志愿者巡防，没想到还能救人。”2018年5月30日，漳州卫生职业学院的黄玉琴老师带着她的学生林娇芬、陈仁丽、倪爱珠三人在芗城区胜利西路军分区附近巡防。走到军分区门口时，她们敏锐地发现一名骑着白色电动车的女子神情痛苦，在车上大口喘气，全身僵直。她们立即冲上前去，合力把女子扶下电动车，平放在地面上，同时拨打了“120”急救电话。不出她们所料，在等待救护车的时候，病人出现了疑似呼吸、心跳骤停的症状，现场情况十分危急。陈仁丽是临床医学专业大二学生，因为在学校受过专业的技能训练，5月12日刚刚参加了学校临床技能竞赛，对心跳骤停的症状十分熟悉，立即对女子实施了专业的急救措施。正是由于志愿者发现及时，正确运用“黄金四分钟”抢救法，当救护车到达时，女子已恢复正常的呼吸和心跳，脱离了生命危险。这四名师生救死扶伤的义举受到了现场群众的称赞，正是因为“芗里芗亲”志愿者巡防平台，她们所学习掌握的医学专业技能得以在最紧急的时刻用在了最需要的人身上。

警力有限，而民力无穷，“民间110”铸就了大平安。项目开展以来，“芗里芗亲”有效支撑漳州平安建设，全市呈现“一降一升”态势。2017年至2019年，刑事警情逐年下降超过22%；2019年1月至9月，路面违法犯罪类警情下降明显，扒窃同比下降38.3%、抢夺下降42.9%、盗窃“两车”下降14.7%、接触性诈骗下降12.4%。在新模式的带动下，全市群众安全感明显提升。2018年上半年，漳州群众安全感率达98.454%，名列全省第二。2019年上半年，群众安全感率提升至98.792%。它还构建了大治理，2019年1月6日，国务委员、公安部部长赵克志莅临“漳州110”考察指导，对学习推广新时代“漳州110”精神做出重要指示。伴随着新时代“漳州110”精神在全国的学习推广，以“芗里芗亲”项目为代表的“民间110”新举措，得到中央、省、市各级领导的充分肯定，成为不少兄弟省、市学习的样板。截至2019年10月，共有100余批次1500余人次，来自全国各单位的领导莅漳学习借鉴“芗里芗亲”项目经验做法。2019年初，法治周末报社对“芗里芗亲”的专题报道被评为《法治周末》“2018年度十佳报道”，并参评2018年度中宣部组织的中国新闻奖。2020年11月18日，由法治日报社主办的2020

全国政法智能化建设研讨会、全国政法智能化建设技术装备及成果展在北京国家会议中心举办，“芗里芗亲”平安志愿服务项目入选“2020全国政法智能化建设智慧警务优秀创新案例”。

这每个人手掌上的“民间110”，无疑是政府通往民心的一座桥梁。对“芗里芗亲”带来的方便，家住漳州市区的蔡先生十分感慨，他说：“过去，我们办点小事都要往返好多次。自从开通‘芗里芗亲’这个平台后，办事就方便多了。”他的小汽车被剐蹭，使用App上的“交通事故快处”功能，填写双方车牌信息，提交事故照片，不到十分钟便可离开现场前往最近的快处中心进行处理，而双方在系统上报的事故信息会在公安、保险、快处中心的系统内多方共享，既节省时间，又缓解交通压力。这事要是以前可能要折腾个一两天，现在却是这般“轻而易举”。不仅群众咨询和办理一些业务不用再跑腿，遇到汽车堵路堵门，点击App上的“自动移车”功能，系统也能智能处理，通过平台短信、小灵呼等设备发送短信、拨打语音电话告知车主前来移车。该过程双方信息均不会被获知，最大限度地保障了车主与求助者的信息安全。当民众遇到门锁损坏、钥匙丢失，也可通过

App发起开锁求助，然后选择系统内有备案的开锁师傅。开锁师傅到场后，使用App的人脸识别功能确保求助人与房屋信息匹配无误后，便进行开锁服务。整个过程，民警无须到场，大大节约了警力。还有“110联动导航”功能，囊括众多政府部门业务信息，群众对政府部门相关职能不够熟悉时，可在110联动导航功能内使用关键词进行查找，系统可以智能匹配相关的业务部门，包括上班时间、地点，并可一键导航到达目的地，方便又快捷……

“民生110”“民间110”次第开花结果，“社区（乡村）110”也悄然萌芽生长。根据漳州市委、市政府的部署要求，市委政法委、市公安局等部门有机结合新时代“枫桥经验”和新时代“漳州110”精神，按照“党委领导、政府负责、民主协商、社会协调、公众参与、法治保障、科技支撑”原则，整合城乡各类资源，创新推动以综治网格为中心为依托，社区网格员、警员“二员”为主干，治安巡防队、法律援助队、志愿服务队等若干支专门队伍为支撑的城乡社区网格治理“2+N”模式暨“社区（乡村）110”，建立健全“五个一”机制：“一中心指挥、一平台流转、一张网布格、一体化考核、一揽子保障”，打通基层社会治理“最后一米”，创新基层社会治理模式，打造共建共治共享社会治理新格局。

“感谢‘社区110’帮了大忙，大姐的身份证终于办好了！”家住芗城区东铺头街道县后小区的林老伯咧开嘴笑了。原来，林老伯的姐姐由于精神疾病不便出门，一直没能办理二代身份证。“社区110”网格员林小珍得知这一情况后，马上向社区民警通报，在多方协助下，专程上门帮林老伯大姐补拍照片，顺利完成身份证的更换工作。

平和县芦溪镇总人口4.7万，派出所警力配备仅有五人。不久前，芦溪镇芦丰村的叶某德、叶某生两兄弟因财产问题发生纠纷。公安机关接警后，根据110非警务事项联动处置流程，指令芦丰村“乡村110”队员就近处置。四分钟后，巡防队员就到达现场，好言相劝，耐心调解，顺利化解了两兄弟的积怨。芦丰村党支部书记叶伯群2019年5月当上了“乡村110”指导员，同样有了红袖标和制服，他深切感受到这是“漳州110”精神延伸到了农村。“‘漳州110’家喻户晓，如今在劝解村民纠纷时，‘漳州110’的形象让群众对自己充满了信任感。‘乡村110’成立前，村里纠纷一年有100多起，成立后，2020年仅有两起。”叶伯群说，“我们的红袖标写着‘乡村110’，可当我第一次带队去巡逻，村民们都觉得看不懂我们在干什么。那一刻我才发现，不是看我穿什么，而是看我要做什么。从前碰到摔倒的老人，有些年轻的干部担心被碰瓷，而现在他们一定会去扶；两兄弟起争执拿着锄头镰刀，再晚一分钟就要砍在对方脑袋上了，我们必须像‘漳州110’一样，越快越好，第一时间赶到现场去调解。”这位朴实的乡村汉子表示，戴着红袖标，村干部的心里就多了一个念头：要为老百姓做事，绝对不能给红袖标抹黑。

“如果没有你们及时调解，我们两家因为土地征迁赔偿款分配的问题至今还在争吵。”在南靖县船场镇集星村“乡村110”工作站，村民老吴对亲自上门的纠纷调解队员连声道谢，他对之前调解的结果很满意。原来，集星村村民老吴和小吴是叔侄关系，多年前，小吴外出打工前将自家种植橄榄的土地借给老吴种植麻竹。后来该地块在漳武高速公路项目征迁红线内，老吴认为土地上种植的麻竹的赔青款应全数归自己，而小吴认为老吴擅自清理掉他种植的橄榄，导致自己无法得到赔青款，两家因此争执不下。“乡村110”纠纷调解队员在微信工作群获悉后及时到达现场介入调解，耐心为两家做思想工作，有效阻止了事态的进一步扩大。最后在队员的劝说下，双方达成和解，老吴按一定比例将款项补偿给小吴。据悉，在漳武高速船场段征迁过程中，村民常因山林、土地经营权的转让，对征迁补偿款的归属问题引发矛盾，有的甚至涉及一个村民小组，如不协调好，极易产生群体事件。然而船场镇村庄分散，辖区点多、线长、面广，镇区派出所不仅民警人数有限，还要面临着出警半径大、到场时间长等诸多困难。船场镇以集星村为试点，认真推行“2+3”网格治理模式，即在警务助理员和网格员的二员基础上再组建三支专门队伍，通过试点的实践成功，在全镇全面推行“乡村110”网格治理工作模式。“乡村110”联动机制发挥村（居）维稳信息队和纠纷调解队等调解力量作用，及时将纠纷化解在本小组或本村，解决在萌芽状态，提高了调解效率，同时也有效地节约了警力。单就漳武高速公路项目建设征迁一项，一年内共出动专业队伍调解纠纷十余起，处理八起村民反馈的紧急问题，有力保障解决了群众的安全和诉求，为这一重点项目建设的顺利开展保驾护航。

目前，漳州全市共划分网格2070个，选配网格员、警员4392人，组建社区（乡村）治理专门队伍4480支20269人，建立警务室（站）1595个，实现社区（乡村）全覆盖。自2019年8月全市推行“社区（乡村）110”模式以来，全市公安机关采集登记流动人口、出租房屋、用工人员、登记标准地址环比分别上升63%、33%、31.43%、16.08%，排查化解纠纷矛盾1600余起、排查整治安全隐患2000多个。

一花引来百花香，万紫千红春满城。“漳州110”与“民生110”“民间110”“社区（乡村）110”共同形成了民生保障和服务社会的联动大格局。政府服务有温度，模式创新有高度，群众体验有深度。这使得漳州日益成为人们向往的宜居宜业城市。

外联内拓，在“漳州110”的示范带动下，漳州市公安局做大做强“反诈110”，也就是漳州市反诈骗中心，以报警快、研判快、查询快、止付快、封堵快、抓人快“六快”为目标，整合公安、银行、电信资源，研发建设漳州市反诈骗指挥信息系统，实现工作指令以电子网格化形式推送，建立涉案账户“双轮止付”和涉案号码“双向封停”机制，实现精准预警防范、精准高效打击、快速止付资金，取得了打击电信诈骗犯罪“两升两降”（破案数、查处违法犯罪人员数上升，立案数、群众损失数下降）的显著成效。

与此同时，创新建立“交通110”。2017年8月4日，漳州市公安局坚持高起点、高标准、高要求，立足实战、务求实效，在全省率先建立“交通110”——交警特勤机动队，履行城区交通服务和应急增援等职能，得到了上级领导、社会各界和人民群众的高度赞誉。“交通110”根植“漳州110”的“快速反应、最快处置、主动应对”基因，实行动态巡防、驻队备勤工作机制，统一调度指挥，统一装备标识，统一勤务模式，主要职责是执行警卫安保、应急处突、疏堵保畅、交通管制和大型活动交通保障等任务，参与道路交通整治专项行动，通过精准打击、铁腕整治，与常态化路面查处管控互为补充，有力推动市区交通秩序优化提升。

如今，“以人民为中心、永做人民保护神”的新时代“漳州110”精神和服务模式已由漳州公安向政府、基层、人民群众延伸，随之诞生的“民生110”“民间110”“社区（乡村）110”“反诈110”“交通110”等一系列品牌，把以人民为中心的发展思想辐射到社会各行各业，引领带动社会职能部门加速转型升级，进一步推动基层社会治理体系和治理能力现代化建设。在漳州这个百花盛开的高颜值城市里，如果把“漳州110”比作一朵迎春花，那“民生

110”“民间110”“社区（乡村）110”“反诈110”“交通110”也是竞相开放的花，或如水仙花，或如木棉花，或如月季花，或如芍药花，姹紫嫣红，争奇斗艳，共同渲染着新时代最美丽的春天。

“警营霸王花”的成长

快，快，快，这是“漳州110”的生命线。为了更快一秒，不同时期的“漳州110”人可谓殚精竭虑，用尽了一切办法。从最早的滑铁管出警，不脱衣裤和装备睡觉，到后来的“巡指分离”、就近接处警，再到眼下的主动预警、精细布警、多维接警、动中处警和智能化指挥、精准化服务、标准化执法、专业化建设的“四警四化”警务新机制，都是为了快，快，快……“漳州110”大队长黄海强说：“为了这更快一秒，我们愿意付出十分的努力。更快更灵，就是要第一时间减少群众受到伤害，第一时间找到报警渠道，第一时间赶到事发现场，第一时间高效依法处置。”

黄海强通过对警情的分析，特别是一些街头抢夺侵财案件，他发现如果不能及时、快速地侦破，与此同步地挽回人民群众的损失，那就不能让人民群众满意，离人民群众的要求就还很远。如何精准地打击街头犯罪，又能及时地为人民群众挽回损失？黄海强一直在思考、研究这个问题，他跟班子成员一起分析过设想，也向市局党委做了汇报，准备组建图侦专班，建立“小案快侦快三通”机制。图侦，顾名思义就是图像侦查。随着平安城市建设的深入发展和视频监控的大联网，图侦正逐步成为公安机关侦查办案过程中获取证据、线索的重要组成部分，其应用不止于案件倒查、发现线索、固定证据等，在指挥决策、治安防控、侦查破案、打击犯罪、服务社会管理等方面的深度应用也正在全面开展。具体到“漳州110”的主业是路面巡防，图侦就是负责监控类、视频类的技术支撑。比如说一个警情的视频，前端回传过来，它继续在出警，后端就可以马上看嫌疑人逃跑线路，等等。在大队领导们看来，市局指挥情报中心是大指挥，专业化指挥，它是一个龙头，是信息的大合成，接警在其中只不过是一块很小的部分。正因为它是“庞然大物”，就没办法做得太细，没办法支撑每一个警情，而大队自己做的图侦，可以做细、做到极致，通过运用城市的“天眼”系统，结合信息研判，为打击路面侵财犯罪提供情报支撑，弥补治安条件的不足和侦查手段的短板。如果这个图侦能做得好，就等于是给“漳州110”植入了智慧大脑，长出了一双翅膀。

谁来挑这个担子呢？大队领导心里很快就有了一个人选，这就是八中队中队长王微。王微在福建警察学院读的正是刑侦专业，毕业后在市局指挥情报中心当过情报员、研判大队社区情报组组长，掌握了很多情报资源，还有着丰富的经验，让她挑这个担子可谓人尽其才。

王微1987年出生于芗城区，在她还在读幼儿园的时候，她就看过当时“漳州110”警察穿着迷彩服、开着敞篷吉普车在街上巡逻的情景，幼小的心里就明白，那是警察在“抓坏人”。1997年11月，“漳州110”被国务院授予“人民的110”荣誉称号，这一年王微10岁，她对警察这一职业有了一种崇敬和向往。有时候上学走在路上，身边疾驶而过的“漳州110”警车会让她身体里的血液激荡起来。2004年，大王微两岁的姐姐考上了南京森林公安警察学院，看着姐姐穿上又帅又酷的警服，她再也抑制不住心中的念想：我也一定要成为一名警察！

父亲希望女儿大学读金融管理类专业，但是王微坚决选择了福建警察学院，开明的父亲还是支持了她。2010年，王微大学毕业后考进漳州市公安局，正式成为“漳州110”的一名民警，梦想成真，就像一首歌唱的，“长大后我就成了你”。经过一个月艰苦紧张的新警训练之后，王微在路面上跟随警队接处警，她记得第一次出警是跟一位师兄同车，他开着车一路飞奔，那是要去解救传销受困人员，她第一次体会到了什么是“漳州110”的快速反应。

跟着梯队出警三个月之后，王微被安排到市公安局110指挥中心当接警员。“嗖”地冲出去，再“嗖”地冲回来，一分钟上个厕所，十分钟吃顿午饭，其他时间就“钉”在工位上，不停地接电话，有时两只手同时各拿着一部电话，双管齐下——这就是接警员工作状态的真实写照，每天平均要接60多个电话。并非每个报警都是紧急重大的案子，反而大部分是非常琐碎芜杂的小事，不过对当事人来说也许就是大事了。王微总是显得特别有耐心和细心，她口齿伶俐，每句话都说得清清楚楚。有一次她接到一个男青年的报警电话，说自己工作丢了，恋人跑了，他准备跳江自杀。王微心头一紧，立即化身“知心姐姐”，一边听对方倾诉，一边柔声细语地安慰劝解他，还跟他聊起了青春梦想、大学生活以及某部流行的电视剧。整整一个半小时，王微像心理医生一样给对方讲了一堂课，电话那头的男青年显然幡然醒悟了，他连声说，谢谢你谢谢你，我想开了，我先买票回家去看父母，我不会再有想死的蠢念头了。王微如释重负地放下电话，那时话筒都有点发烫了。当了一年半的接警员，王微也在历练中成长，担任了接处警组组长。

2012年，110指挥中心升格为指挥情报中心，王微成为情报员。警情分析、个案研判、情报收集，那时她还没有结婚，除了大年初一，她都不休息，每天扑在工作上。全市每年发生几千起案件，王微和她的同事们协同合作，精准分析，从海量的碎片化信息中寻找内在自有的规律，做好案件预判。不久后，王微担任了社区情报组组长，这也是上级党委对她工作的肯定。这时全省公安系统举行综合情报业务技能练兵比武，王微和她的团队代表漳州参赛。她带领团队在激烈的比赛中一路过关斩将，最后获得团体第一名和个人第二名，她还被评为省级综合情报教官。在工作中如何进一步拓展思路，创新方法？王微探索建立了“小案快侦互联网+”机制，形成接处警和图像侦查同步启动、路面和后台支撑双线互动的良性模式，成效显著。她还主动请缨负责研判了多起寻衅滋事、流窜盗窃、飞车抢夺案件，最后这些案件全都顺利告破。2015年一年时间，王微和她的情报组审核认定信息采集转化为打击成果的情报线索123条，打击违法犯罪人员199人，破获案件500余起，情报平台红色预警指令抓获率在全省名列前茅。

2016年6月，“漳州110”在新的勤务改革之前公开竞聘中层干部。王微报名参加，取得综合成绩第一名，被任命为八中队中队长。她由此成为“漳州110”历史上第一位女中队长。中队队员27人，在她面前列队，一看全是身材魁梧的彪形大汉，她一个瘦弱女子能行吗？

王微是自信的，但是一些人眼里闪过的一丝丝不信任，令她清醒也令她更加自律更加自觉。她把中队长这个职务理解为“兵头”，首先就是要带头，以身作则，而兵头能力再强也只是一个人的力量，必须紧紧团结27名队员，凝聚集体力量，迸发集体智慧。王微始终坚持把纪律规矩挺在前面，时刻牢记规矩意识，自觉做到知晓规矩、认同规矩、遵守规矩、维护规矩，将规章制度入脑入心，严格按党性原则办事、按政策法规办事、按制度程序办事，对上级交办的任务，坚决做到面对困难不躲、遇到矛盾不绕、解决问题不拖，各项决策部署和重点工作定一件、干一件、成一件，以良好的自身形象和过硬的能力素质为所有男队员做好表率。主持中队路面勤务工作9个月期间，王微带领队员一共接处警2585起，找回迷路走失老人儿童十余人，抓获在逃人员6名、各类违法犯罪嫌疑人49名，缴获被盗车辆15辆，群众赠送锦旗7面。在超强度的工作中，王微长时间睡眠不足，2017年1月在倒班执勤时突发急性胃炎，被同事送往医院救治后才被迫请假休息了半天。

2017年4月，王微怀孕了，而此时大队领导选定她为图侦专班负责人，身体不宜再出警奔跑，正好专心致志地来做这项带有创新意义的工作。

王微接受任务之后，开始搭建图侦专班。各中队长向她推荐了一些人选，还有人毛遂自荐。通过熟人关系，她还从芗城区公安局“挖”来了一个图侦方面的高手，这就是辅警何煜辉。7个人的图侦专班刚刚成立时，没有自己的办公室，只能蹭别人的办公室，歪打正着，这样反而熟悉了各个辖区的监控分布。比较大的问题在于万事开头难，大家比较茫然，不知从何做起，在行业里巡警和图像侦查如何结合，这是没有过先例的，黄海强大队长鼓励大家说，摸着石头过河吧，大家一定能行。王微便带领伙伴们到芗城区、龙文区的研判队跟班学习，学了一个星期，大家掌握了各项平台的操作和运用，王微心里也有了底，芗城区、龙文区的研判队所做的图侦，“漳州110”在业务上不能跟他们“打架”，要立足本职，做自己的警情、做自己的案件，以路面的侵财案件为主做现行。

图侦专班进驻了巡特警支队勤务指挥室，一块电子大屏幕把整个漳州城尽收眼底。政府机关、学校、医院、宾馆、公共场所、交通要道等处于实时监控之中，全都看得清清楚楚。每条道路的人流、车流情况，也全都一目了然。而各个小区内部的布局，则由民警利用卫星图做出详细的标注，整个市区3000多栋住宅楼一览无余。早期“漳州110”也有过各个小区手绘图，这些年城区变化日新月异，新的住宅区层出不穷。图侦专班队员深入每一个小区，用脚步丈量民情，以行动联系群众。老旧小区找居委会，新建小区找物业，群策群力。一些小区管理人员主动留下联系方式，表示愿意配合警务工作、加强安全宣传、协助纠纷调解的职能，不知不觉地拉近了警民之间的距离。在警民协同努力之下，图侦专班不仅迅速地取得了小区地理基础数据，且封闭式小区的出入口、开放式小区的小路近道等隐蔽信息也得到了补充。他们历时一个月，共采集辖区内11个巡区共284个小区，绘制示意图284张、标注3291栋楼，详细标明每个小区每栋楼的方位、周边主要道路以及小区大门出入口；采集备注每个小区的物业、保安负责人信息共计705条。若有警情，精确定位，快速到达。图侦专班的7名民警24小时轮流值班，每班两人，一日三班，一年365天周而复始。

图侦专班侦破的第一起案件是盗窃沿街店铺财物的。深夜里一个外地流窜嫌疑人撬开了九龙大道一些沿街店铺的门，第二天早上店主开门时方才发现被盗。图侦队员赶到现场调取监控视频，追踪嫌疑人的逃跑轨迹，还原作案路线。最后通过“外调”，也就是调取民用监控，再到后台查看市局指挥情报中心的城市监控，终于锁定嫌疑人在漳州市区落脚的一个小旅店，并核实了嫌疑人的真实身份，名叫熊某军。遗憾的是，熊某军刚刚坐动车离开漳州。图侦专班把熊某军的身份信息移交给案发地龙文区公安局，四个月后，熊某军落网。

初战告捷，王微和伙伴们都特别开心，但是这个兴奋劲一过去，大家又都感觉到有点遗憾，毕竟自己的侦查还是滞后的，侦查的速度赶不上嫌疑人逃跑的速度。如何更快一点呢？快，快，快，这是“漳州110”的生命线啊。王微想，我们搞的主要是侵财案件，受害人最关心的不仅仅是警察能不能抓到嫌疑人，还有能不能挽回损失，你抓到了人，却不能为群众挽回损失，群众还是高兴不起来的。她跟大队领导汇报后，决定搞“快侦”。按照以往的接处警程序，如果发生了侵财案件，通常都是出警之后移交给案发地的派出所，由派出所立案侦查——这样在时间上就可能拖延了，往往赃物可能被转移了，即使后来嫌疑人被抓到，也没法给群众挽回经济损失。而“快侦”，接警即采集。案发后，图侦队员马上赶到案发现场，调取受害人（通常都是做各种生意的店主）店里的监控图像，如果案发现场没有民用监控，就第一时间调取市局的城市监控进行追踪。一旦发现嫌疑人的踪迹，立即通报给正在路面值班的中队。中队长根据这些信息，有针对性地调动梯队去寻找嫌疑人。从启动侦查到抓捕嫌疑人，环环相扣，没有一个环节拖后腿。“快侦”的结果往往是受害人还在派出所做笔录，嫌疑人就被抓到了，赃物也被追回了。这让受害人又意外又惊喜，他们“真没想到”，那些嫌疑人也“真没想到”，“漳州110”更快更灵了，“小案快侦”“小案快破”成为它的新亮点。

继共享单车、共享汽车之后，2018年初，漳州橙车出行公司在市区推出了共享电动车，深受群众欢迎，这是新经济的产物，利国利民，可是却有一些盗贼把魔爪伸向它，打起了共享电动车电池的主意。4月23日早上，橙车出行公司工作人员李师傅报警称，他们投放到路面的两部电动车电池被偷了。图侦专班民警立即介入工作，经过摸排分析，迅速锁定盗窃电池的两名嫌疑人体貌特征，发现他们作案后往西溪亲水公园逃跑，于是会同路面梯队展开合围抓捕，成功抓获两名嫌疑人，查获两组被盗电池。过了一些天，5月28日晚，橙车出行公司工作人员又报警称，大约十五分钟前，在龙文区“公园美学”有一部电动车电池被盗。“刚发生不久，嫌疑人应该跑不远。”图侦专班立即联合路面梯队开展网上网下协同作战，仅用一小时，就在龙海区九湖镇将嫌疑人抓获。至此，五起盗窃橙车出行公司共享电动车电池案在短时间内全部被图侦专班破获，橙车出行公司负责人给“漳州110”和图侦专班送来写着“警企共携手，护航新经济”和“破案神速，智擒盗贼”的两面锦旗。

2018年12月27日晚上11点左右，有人报警称一家服装店被抢，案发地点在老街区塔口庵。一名中年男子持刀入店，抢夺财物，店主呼救，被刀刺伤，随后作案男子仓皇逃窜。路面梯队立即奔赴现场，调查取证，图侦专班则同时展开图像快侦。案发现场塔口庵位于老城区，地形复杂，道路狭窄。图侦专班调取周边所有的监控探头，逐层逐圈过滤影像，通过拼接完整还原了嫌疑人的逃跑路径，从服装店向西向大通北路逃窜，进入胜利路，然后拐进钟法路，在钟法路和南昌路岔路口搭上一辆出租车。卡口对比，锁定出租车牌，随即联系司机，得知嫌疑人是在新浦路停车场下车。图侦专班第一时间把信息传给路面警力。路面民警连夜排查，很快查清嫌疑人的落脚点。次日下午4点，在许后井新村一出租房内，将嫌疑人庄某某抓获。一起抢劫案从案发到破案，不过16个小时，这正得益于图侦专班和路面警力无缝对接，快速专业，协同合力，行云流水般一气呵成。

2019年夏，漳州市区侵财类案件频频发生，连续数周呈增长态势。图侦专班迅速展开警情梳理，发现自5月29日以来，市区沿街店铺手机被盗呈规律性发案。经过对比研判，嫌疑人的面目清晰了，再做图像侦查，还原作案路线，分析刻画嫌疑人作案规律，有了重大收获。图侦专班把这一情况发给路面梯队，他们立即展开行动，布置了四道防线。6月15日上午11点左右，嫌疑人在漳福路东岳新村路段进入警方布置好的“罗网”，被当场缴获手机两部，涉案十余起的连环盗窃案在半个月内成功告破。

作为路面警力的支撑，图侦专班可以在三十秒内锁定犯罪现场，让罪犯无所遁形，这便是图侦的威力。2019年9月16日，图侦专班正式建制为“漳州110”图侦中队。2021年1月1日，图侦中队跨越式飞跃，在漳州市公安局的直接领导下，从刑侦、治安等部门抽调合成作战专业人员，正式成立“漳州110”大数据合成作战中心。

追，追，追，追回你的爱车

“太感谢你们了，这是我收到的最好的新婚礼物！”2017年6月8日是小玲大喜的日子。上午9点多，小玲接到“漳州110”民警宋圳明打来的电话，称她在去年被偷的电动车找到了。小玲听到这一消息，喜出望外，激动地连声向民警道谢。

事情是这样的，当天上午，宋圳明巡逻至华元公寓路段时，发现一名骑电动车的女子形迹可疑，便上前将其拦下盘查。经查，这部电动车车牌与实际信息不符，是一部被盗车辆，宋圳明当即将骑车的游姓女子带到派出所调查，根据登记材料跟原车主联系。让他感到意外的是，这天恰巧是小玲的大喜日子。

“这部电动车见证了我们的爱情呢。”东山人小玲去年年初特意把车从老家运到市区，还对男朋友说要骑着它一起逛遍漳州城，没想到的是，才刚到市区没几天，爱车就被可恶的小偷偷走了。“这么久了，我以为石沉大海找不到了，没想到在我结婚这一天，‘110’竟把它找回来了，真是双喜临门呀！”小玲既惊喜又感动。

漳州市区盗窃电动车案件一度频发，严重影响民生，老百姓反映十分强烈。“漳州110”坚持从群众不满意的地方做起，把不满意消除，深入开展压降电动车被盗专项行动，强化巡逻防控，加大盘查力度，仅仅三个月就为群众追回被盗电动车153辆，市区电动车被盗数量也从高峰期30辆下降到个位数，取得了电动车发案率下降和群众满意度上升的双效果——这背后是许多“漳州110”警察快速反应、奋起直追的辛苦付出，一分辛苦一分收获，为老百姓追回了一辆辆爱车。

对张女士来说，2015年4月13日这一天可谓“刻骨铭心”，她才骑了一周的“小毛驴”电动车丢了，这部心爱的电动车是张女士于2015年4月7日购买的，首付1500元，分期还款为两年，本以为这心仪的“小毛驴”在接下来的几年时间里会一直陪伴着自己，不承想，仅仅骑了一星期就被可恶的小偷偷走了。爱车不见了，可是按揭还得还啊，在接下来的两年时间里，每到还贷的那一天，张女士就感觉特别郁闷和无奈，有一种“哑巴吃黄连，有苦说不出”的痛苦。“骑行一星期，还贷两周年”，这痛苦的记忆陪伴着她四年多，成了她一个心结，直到这一天，“漳州110”警察吴惠能才为她解开了多年的心结。2019年11月18日晚上6点多，当班的吴惠能警组巡逻至芗城区丽园君悦丽园街路段，发现了一部可疑的电动车，这部不起眼的电动车无车牌，锁头部位有撬盗痕迹，这些细节逃不过吴惠能的慧眼。吴惠能随即对这部不起眼的电动车进一步观察，更加坚定了推断：这必定是一部赃车无疑了。吴惠能随即通过警务通查询了这部电动车的车架号，果不其然，一击中的，这部电动车正是张女士2015年4月13日被盗的“小毛驴”。吴警官当即联系了张女士，张女士接到电话后一阵喜悦，顿时泪眼蒙眬，泪水止不住地打转，尽管这车现在不值钱了，但这已经不是钱的问题，而是内心的憋屈终于一扫而空了，她立即感觉到一种扬眉吐气，这真是太感谢“漳州110”了，她特地定制了“神警雄风　敬业正直”的锦旗，亲自送到了吴惠能手中。

2019年10月7日，国庆假期进入尾声。杨先生在假期里没有休息，连续加班，让他痛苦的是上午11点停放于客运西站公交站台的电动车竟然被人偷走了。焦灼之际，杨先生脑海中想起“漳州110”，可是，警察会管这些小偷小摸吗？能不能帮自己把车找回来呢？无助的他试着报警求助。

当报警电话的铃声在值班室响起时，刚刚准备下班离开的康舣凯停住了脚步，忙碌许久一脸倦容的他接到警情后，瞬间精神焕发，立即赶赴现场开展有关工作。尽管已经忙碌了一上午，但看到杨先生心急如焚的样子，康舣凯心里只有一个念头：一定要以最快的速度帮报案人找回电动车。经过细致排查，他迅速发现被盗电动车被嫌疑人用太子牌摩托车载走，查询到该名嫌疑人的身份信息后，便驱车前往数十公里外嫌疑人的居住地。几经周折，却发现嫌疑人早已搬家，只有一个电话号码。为尽快帮助群众挽回损失，康舣凯决定通过嫌疑人家属对其做思想工作，打了无数次电话，经过一个多小时耐心且有策略的沟通，嫌疑人终将电动车载回案发地点，投案自首。放弃休息坚持在岗为民解忧的康舣凯，紧绷的神经终于松懈了下来。电动车失而复得，一股热流涌上杨先生的心头，他忍不住发朋友圈感叹说，“漳州110”破案太神速了！第二天送去了一面写着“人民的保护神”的锦旗。

2019年10月19日凌晨4点多，许毅带领警组在路面巡逻时，发现漳华路市尾路段的一辆速送车辆形迹可疑。许毅通过车上的对讲机喊话：“前面蓝色速送车辆，快停下！”听到警察喊话，这电动车一个急刹，停住了。“什么事啊？警官同志。”骑电动车的青年男子不慌不忙地看着民警，他身后载着的男子却是东张西望，神情显得紧张。

许毅走下车，上前朝两人敬了个礼，说：“请出示你们的身份证件。”不能说有十足的把握，但根据最近侵财案件的高发时间、区域，以及凌晨4点的双人速送，许毅判断这两人“不简单”，看了身份证，又让对方把速送箱子打开。

两名男子神色紧张，犹豫了一会儿，最终还是打开了箱子，只见速送箱内凌乱地摆放着八九粒一看便是使用过的电动车电池。这时候，许毅更加坚定了心中的预判，严厉问道："电池是哪里来的？电动车是哪里来的？"

"我、我们……是速送电池的，我们、电动车是借来的……"这两个男子吞吞吐吐，听着他们底气不足的狡辩，许毅追问了几个问题，他们便蔫蔫地低下头，不再吭声。经初步审讯，两名嫌疑人交代了在漳州市区香榭花都、益民花园等地多次盗窃电动车电池的违法犯罪行为。经警方核查，他们所骑电动车为被盗赃车。

在嫌疑人的指认下，许毅警组顺藤摸瓜，在他们住处又查获14粒被盗电动车电池，然后将这两名犯罪嫌疑人、一辆被盗电动车、23粒被盗电池一并移交芗城公安分局南坑派出所处理。"本还以为今天收获满满，这些电池能换不少钱，没想到'漳州110'警察这么厉害，隔着箱子都能发现……"犯罪嫌疑人在派出所里低垂着头，叹着气喃喃自语。此时，已是清晨6点，许毅和伙伴从派出所走出来，没有一丝倦意，笑着说："今天收获，的确满满啊！"

2019年11月8日下午3点多，"漳州110"七中队民警吴城浩、汤乙峰在对漳华中路开展日常巡逻时，发现一中年女子行为举止十分异常，他们耐心观察她的动态，并跟随她进入益民花园小区。在该女子住所楼下，警察发现了三辆疑似被盗电动车，他们找到小区物业管理人员，了解到这三辆疑似被盗电动车均是该女子近期骑回，附近居民表示这个中年女子经常从外面骑回不同的电动车停放在其住所楼下，疑似精神异常，一言不合就要咬人，存在暴力危险行为，周围居民没有谁敢跟她多说话。掌握到这些情况后，为及时帮助群众找回丢失电动车，减少群众的财产损失，吴城浩、汤乙峰不顾嫌疑人暴力袭击的危险性，决定依法对她进行盘问检查。果然，警察一上门盘查，这女子便声嘶力竭地喊叫，不断地反抗，多次想要抓咬警察。但是吴城浩、汤乙峰共同努力，最终还是将她控制住。

经初步了解，该盗窃电动车嫌疑人林某某，53岁，漳州芗城人，系严重精神障碍人员。吴城浩、汤乙峰在现场找回三辆被盗电动车，将嫌疑人和被盗电动车带至步文派出所做进一步处理。在依法确认三辆车为被盗赃车后，他们在当日联系到两名失主取回车辆。失主林先生说："做梦也没想到电动车能够失而复得，才丢了不到72小时，'110'就帮我找回来了，太神奇了。”另一名失主陈女士表示：“‘漳州110’不愧为人民的保护神，真正让我这个从外地到漳州打工的人体会到了这个城市的安全感，‘110’同志辛苦了。”最后一辆赃车的返还过程就显得一波三折，由于第三辆赃车没有车牌号码，车架号登记的车主电话又联系不上，民警花了三天时间走访多家电动车行，终于在一家二手车行确认该车之前是从这里卖出，随后民警联系失主，将第三辆赃车予以返还。

2019年11月30日下午，陈女士带着一面写着“一心为民，始终如一”的锦旗来到“漳州110”基地，当面感谢帮助她找回被盗电动车的八中队沈枫鹏、蔡永平两位民警。11月24日晚上，八中队的沈枫鹏、蔡永平正如往常一样，低速开着警车，目光始终对周边进行搜索。这时，前方行驶中的一辆蓝色雅马哈电动车引起了蔡永平的注意，他不由得多看了几眼，发现车牌折起，略显陈旧，螺丝似有被撬动的痕迹。警车悄悄地跟上，蔡永平摇下车窗，人在车内对骑车人说：“您好，我们是‘漳州110’，现在要对您的电动车核查一下车牌信息，请您靠边一下。”

骑车男子不大情愿地停下车，嘟哝着说：“我赶时间的，急着要去上班。”沈枫鹏、蔡永平两人默契配合，查找车架号，核查车牌。经查，这部蓝色雅马哈电动车车架号已被磨去两位，尘土堆积，其余号码也难以辨别，车牌涉案一辆被盗电动车，但品牌、车型却并不相符。骑车男子慌忙解释说：“我电动车牌丢了，随便捡了一个装起来，我知道错了，隔天立马去电动车店补办，换掉这个套牌。”此时，对讲机正好呼叫沈枫鹏警组出警，也真是巧了，他们简单登记了骑车人的身份信息和联系方式，结束盘查，先行赶往出警。

处理完警情之后，沈枫鹏和蔡永平不由得又聊起刚才的情况。蔡永平笑笑说：“运气不好，本来以为盘查到了被盗车辆，结果是套牌。”沈枫鹏说：“不对劲，这辆车如果没问题，那个骑车人也不用那么紧张。”蔡永平说：“对，要坚持到底，打电话问他在哪里，继续查。”沈枫鹏拨通了刚才那个骑车人的电话，在他的坚持下，骑车男子不得不说出所处的位置。两位警察立即赶了过去，他们买来矿泉水与纸巾，擦拭布满尘土的车架，通过车架号查询信息。电动车的车架号一般15位，这辆车第7位和第8位车架号被磨去，但经过擦拭，可以依稀辨别出第7位车架号为“4”，第8位则无法辨别。沈枫鹏对蔡永平说："还有一位数不知道，这有10个数字，还有26个字母，也就是36种可能性，我们都坚持到这儿了，绝不能半途放弃，36种可能一个个来试。"功夫不负有心人，在沈枫鹏核查到数字"8"时，果真出现一则新的案件信息，比对结果完全符合眼前这辆电动车，联系了报警人陈女士，也确认了是她失窃的车。铁证面前，骑车男子蒋某也终于说出其妻子严某购买赃车的经过，主动承认错误。两位警察不轻易放弃一个线索，坚持查到底，这才有了陈女士失而复得的电动车，令她脸上有了灿烂明媚的笑容。面对陈女士的感谢，两名警察深切感受到，"漳州110"坚持的意义，就是为人民群众挽回损失。

2019年11月30日晚上11点多，报警人杨女士称一部价值3000余元的女式电动车在龙文区北环城路鸿福仙海鲜馆处被盗。出警民警王政杰、林立维一边安慰报警人，一边调取周边监控迅速锁定控制嫌疑人邹某。然而生性狡诈的嫌疑人拒不交代电动车下落，王政杰、林立维化被动询问为主动出击，进一步厘清了侦查思路，他们在调取视频中发现邹某有打电话的异常举动，由此切入，迅速锁定其盗窃同伙身份信息与位置。

12月1日凌晨1点多，夜色一片漆黑，王政杰、林立维步巡深入龙文区西坑村田打社，夜里一些流浪野狗四处乱跑，他们冒着被袭击的危险，紧张地摸排盗窃团伙与被盗电动车位置。一阵搜查后没有结果，两人重新调整侦查思路，重返案发现场，再次分析周边环境、道路分布以及社情等，对盗窃人员的来去方向进行梳理，锁定梧桥村为重点摸排区域。他们不辞辛苦，立即深入梧桥社乡间小道进行摸排，终于在该村一处小树林处发现已被卸掉车牌和变更、伪装车辆特征的被盗电动车。此时，时间距离报警人报警仅仅过去了两个半小时。杨女士感觉自己像是在做梦一样，看到自己被盗的电动车连夜被找了回来，激动地说："你们帮我找到电动车，太辛苦了，需要我付钱吗？"王政杰、林立维连忙异口同声地说："我们'漳州110'是为人民服务的队伍，怎么可能收人民群众的钱呢！"

快速、敏锐、机智，追，追，追，"漳州110"警察们以一股赤诚初心为人民群众追回了一辆辆失窃的车，真正践行了服务人民的职责。

救人如救火，救火如救人

危难之际显身手，哪里有危急，哪里就有“漳州110”的身影。

2017年3月28日中午11点，“漳州110”六中队民警杨伟杰巡逻至漳州市区钟法路安然桥路段。突然，一男子跑过来，焦灼万分地说，小孩突发癫痫，需要紧急前往市医院抢救，但是正值下班高峰期，路上堵车严重，请民警帮忙想办法。杨伟杰看到当时路上车辆行人众多，虽然这里离医院只有短短数百米距离，但是车堵得密密匝匝，很难快速驾车前往。救人如救火，时间就是生命。杨伟杰立即拉响警笛，为求助男子的车辆开道。不到两分钟，小孩就被送进了医院的大门，但离儿科还有一段距离，警车无法到达。杨伟杰火急火燎地跳下车，冲到那男子的车前，从车里抱起小孩，三步并作两步，小跑着直奔儿科。看着患病的孩子一直快要睡过去，杨伟杰恨不得跑得更快一点，一路上不断地和他说着话。

儿科病室总算到了。由于送到医院抢救及时，小孩转危为安。当班的医生表示：幸亏小孩送来及时，不然耽误了最佳的抢救时机，后果不堪设想。

那个求助的男子正好也姓杨，“漳州110”警察杨伟杰不是亲人胜似亲人，这位杨先生一家人过后来到了“漳州110”基地，给杨伟杰送来了一面鲜红的锦旗。杨先生让获救的小孩亲自把锦旗交到恩人杨伟杰手中，激动地说，如果那天没有遇到“漳州110”，小孩发生点意外，对我们整个家庭来说无疑是晴天霹雳，真的非常感谢我们的人民警察杨伟杰，感谢“漳州110”。

2018年5月27日清晨5点左右，“漳州110”三中队中队长宋圳明正在辖区里巡逻。作为中队长，他可以在整个辖区自由地穿行，了解各个梯队接处警的情况，然后根据具体情况随时赶赴不同的街区，靠前指挥。这时110指挥中心传来指令，丹霞路新城花园13号楼起火，请迅速前往扑救。宋圳明猛踩油门，带着孙泽彬风驰电掣般地赶往现场。大火正在一楼停车场疯狂地燃烧，目测有上百辆摩托车、电动车、自行车葬身火海。停在窗户旁边的一排汽车也发出哔哔剥剥的响声，被烤炙得快要烧起来了。刺鼻的焦味令人喘不过气来，一股大火带着浓烟像一条狰狞的巨龙直往上蹿，一下蹿到了四楼，楼上的住户很多是从睡梦中惊醒的，发出一阵阵惊恐的尖叫声。

宋圳明第一个冲进火场，横穿跑过被熊熊大火包围的通道，从隔壁的足浴店打开消防栓，咬紧牙关扛起了高压水枪，挺进到正在燃烧的车辆前面，对准火焰猛烈喷射。热浪翻滚，烟雾扑面而来，脸上烧烤般灼痛，眼睛熏得睁不开，烟尘塞满了鼻腔，手脚划出了一道道口子，汗流浃背。孙泽彬密切配合，帮着宋圳明抱紧高压水枪，哪里火势大就扑向哪里。

这时消防车呼啸而来，消防官兵冲向了火海。“漳州110”大队长黄海强也闻讯赶来，组织附近路面的八个梯队民警投入救火。在火场里的宋圳明一张帅气的脸被烟熏火烤，变成了“黑包公”似的。他顾不上洗一把脸，带领民警冲上楼，引导疏散群众。在四楼，警察发现两个几近窒息的老人，迅速把他们抬下楼，送到120急救车上。

半小时后，大火被扑灭了，这时天刚蒙蒙亮。宋圳明又带领民警一楼一楼挨家挨户地检查，生怕有人被烟呛倒在家，所幸没有发现人员伤亡。前后奋战了将近三个小时，宋圳明回到基地才有时间洗把脸，这时旁边的伙伴们惊讶地发现，宋中队长原来又黑又浓的眉毛几乎被大火烧光了，大家调侃他说，你得用眉笔来画眉了。

武侠影视里常有空手夺白刃、徒手撕猛兽之类的场景，那是艺术化的表现形式，然而在“漳州110”，真真切切有这么一个辅警徒手撕铁门，一时间他成了网红，徒手撕门救火的佳话在街头巷尾传开了。这是2018年6月26日晚上9点多，“漳州110”路面梯队接到指挥中心指令：芗城区东方明珠小区18栋十四楼屋内冒浓烟，疑似起火。此时正在周边巡逻的徐毅、陈超警组提着灭火器火速赶往，不到两分钟就到达现场。可任凭民警怎么使劲敲门，屋内始终无人应答，眼看着浓烟不停地往外冒，越来越浓，情况十分危急。

“再不进去把火灭掉，后果很严重啊。”陈超急得全身都要冒火了。

徐毅拧起了眉头说：“这里面没人开门，叫专业开锁的来开门，完全来不及，大火肯定失控。”

陈超说：“只能硬开了。”他说完话，双手握住铁门上的钢管，屏住气，咬紧牙关，用力地一撕一拉，铁门裂开了一道口子，再撕几次，一扇铁门竟然被他硬生生地撕开了。

不过他手上也被铁门划破了几个口子，鲜血直往外流。陈超顾不上擦，面对铁门撕开后的木门，抬起脚，猛地一踹，把它踹开了。

这时屋内已经浓烟滚滚，呛得人无法呼吸，熏得眼泪直流。陈超等人顾不得自己安危冲进了房间，找到着火点位置，迅速将火扑灭，汗水也来不及擦，就逐一地检查起了每一个房间，所幸房间都是空的，没有被困人员。当屋主急急忙忙地从外面赶回来时，他心里惶恐不安地想，这下肯定完蛋了，大火一定把房间全都吞噬、烧光了，没想到除了电磁炉和餐桌烧毁之外，没有其他重大损失。看着污头垢面，全身沾满干粉的陈超等人，他又感动又抱歉，连声道谢："要不是你们救得及时，估计房子早就被烧没了。"楼下围观的群众也都止不住称赞说："'漳州110'这些小伙子真的是好样的，如果救火不及时，楼上楼下的邻居都会遭灾。"

面对紧锁的房门，面对呛人的浓烟，"漳州110"警察徒手撕门，冲向火海。事后有伙伴问陈超："你当时如何做到有那么大的爆发力，一下能把铁门撕开？"陈超回答说："当时也没考虑那么多，只是想赶紧冲进去，把人救出，把火灭掉。"

这么朴实无华的想法，其实也正是“漳州110”警察的心声，在人民群众最危险的时刻，他们总是挺身而出，奋不顾身。信念给他们带来了无比巨大的力量。救人如救火般紧急，救火又如救人般神勇。

2019年12月14日凌晨4点，人们都还沉浸在睡梦中，“漳州110”一中队的民警们却在漳州市区的大街小巷巡逻，尚未醒来的城市显得特别宁静。突然，对讲机传来指挥中心的通报，立刻打破了这深夜的宁静。

“611，611，漳州市战备大桥桥下有两名女子跳江，请火速前往救援。”

“611明白。”

“615也赶往支援。”

“615明白。”

对讲机瞬间热闹了起来，一向对特殊警情具有敏感性的中队长林少伟听到对讲机，马上警觉起来，作为路面指挥，他也迅速驾车赶往战备大桥。

不到三分钟时间，“漳州110”警察便抵达了战备大桥事发地点。他们发现，现场只有一名女子轻生，另一名是她姐姐，她在水里是在想办法营救妹妹。凌晨4点的九龙江水冰冷刺骨，几个警察下了水，感觉江水像是锋利的刀子一样，他们却全然不顾地大步向那两名女子游去。好在是冬天，江水并不深，经过几分钟的救援，轻生女子被两个警察扶上了岸边。中队长林少伟一边指挥其他民警赶紧呼叫、引导救护车前来，一边安慰、询问轻生女子是否受伤。令民警们欣慰的是，好在救援及时，轻生女子只有轻微腰损伤，其余并无大碍。救护车来了，这名女子在她姐姐和警察的帮助下，顺利地上了救护车。目送救护车远去，出警的警察们不由得松了一口气，相视一笑，幸亏这是有惊无险的一起警情。他们各自散开，奔赴市区各自的巡逻街区，继续守护这座城市的安宁。

一名轻生女孩坐在三楼高窗往外延伸而出的半米宽平台上，双脚悬空，悲戚地哭泣着……命悬一线，情况危急。这是2019年10月9日，李超警组接到的一起求助警情。他们以十万火急的速度赶往现场，看到了那惊心动魄的一幕，女孩坐在平台上摇摇欲坠，一女士站在房间里，伸出手透过窗户，紧紧抓住女孩不放，脸上惊恐万状。

现场初步了解了一下，原来是这名女孩因家庭琐事烦恼，爬到窗外平台意欲轻生，她母亲紧抓着她不放，一放手她就掉下去了。李超几个大跨步冲上楼，她家门从里面锁着，推不开，用力地敲了几下，房内无人来开门，看来家中只有母女二人，母亲紧张地拉着随时可能跳下的女儿，无法分身。

这时候618警组也赶来支援，辅警黄少杰察看了楼屋形状，发现如果要救人，只有攀爬过去，接近那个女孩。他毫不犹豫地从二楼居民房内跳至窗外平台，踩着摇摇晃晃的防盗网，一步一步地朝三楼走近。为了确保救援的万无一失，以最快速度成功营救，李超也不顾自身安危，从另一边攀爬，踩着二楼栏杆，将身体悬在六米高空，像蜘蛛人一样奋力地向上攀登。

得益于长期坚持刻苦训练，这两名警察练就了一副好身手，他们顺利地攀上了三楼平台，搀扶住小女孩，把她安然无恙地抱进了房间里。这是普通人无法做到的攀爬救援任务，楼下群众看在眼里，无不鼓掌和称赞。这名女孩经历此次事件之后，感悟到了生命的可贵，性格变得开朗起来，开始走上了学习音乐的道路。

2019年9月9日早上，“漳州110”基地走来了一位年轻的骆先生，他虽然只有24岁，却已经是两个孩子的父亲。

骆先生送来了一面写着“思民心、解民难，做实事、暖民心”的锦旗，满怀感激地说：“要是没有‘漳州110’，我两个孩子就没有了母亲，我的家就毁了。”事情要从几天前说起。那是2019年8月30日凌晨3点多，骆先生的妻子林某因长期以来工作压力导致轻微抑郁，加上生活琐事刺激，独自一人走到碧湖生态公园的湖边，徘徊了一阵，突然投湖轻生。恰巧有人经过看到，立即拨打了110报警。正在路面巡逻的吴周择、林伟平警组听到指令火速赶往，因为碧湖的湖域范围不小，他们途中联系图侦专班及指挥中心，确定了该女子所在具体位置，即上岛咖啡对面的湖中。两名警察赶来发现，那名轻生女子在湖水中时沉时浮，湖水已经快要漫过她的头部了，情况万分危急。凌晨的湖水冰冷刺骨，漆黑如墨，吴周择毫不犹豫，纵身跳入湖中，因为夜色黑暗，没注意到湖中的礁石，他的大腿和脚底被礁石划出了一道道口子，疼痛难忍。吴周择咬紧牙关，在岸上林伟平打着手电筒的照亮下，奋力地向那名女子游去。林伟平抛来了一只救生圈，吴周择拿起它套在了轻生女子身上，推着她一点一点地到湖边，最后成功地把她救回岸上。随后赶到的图侦专班女同事找来干净衣物为落水女子保暖。经了解，轻生女子林某已生育两个小孩，分别是3岁和1岁左右，她患有抑郁症，平时也是有服药治疗的，但今天饮酒后走到碧湖公园，突然控制不住自己，产生了轻生念头。通过民警耐心的劝导安慰，林某哭了，她说自己错了，有了两个孩子怎么能想死呢？接到警察电话急匆匆赶来的骆先生，此时此刻悲喜交加，悲的是妻子竟然跳湖轻生，喜的是“漳州110”警察火速出警，及时救援，幸亏啊，两个年幼孩子的母亲被救了回来，他的家庭重新燃起了希望。

2019年11月13日晚上10时28分，“漳州110”五中队陈志鸿、赖鑫坤警组正在路面上巡逻，接到了110指挥中心指令，热心群众报警称战备大桥桥头木栈道下方有一老人摔倒，需要警察帮助。陈志鸿和赖鑫坤火速赶到了现场，发现一个老人陷在战备大桥桥头木栈道下方的湿地里无法动弹，老人身穿薄衣，赤着双脚，全身不停地发抖。陈志鸿看了一下手机，气温是13℃，江风又阵阵吹来，进退两难的老人被冻得瑟瑟发抖，嘴里发出痛苦的呻吟。陈志鸿当机立断，大步走下了湿地，抱起老人就往上面干燥暖和的地方走。他把老人安稳地放下来，蹲在老人面前询问她的情况，还好，老人意识比较清醒，说她叫苏美珠，下午5点多从市福康医院附近走出来，不知怎的就走到了这里。陈志鸿立即联系了她的儿子连先生，让他在家里赶快准备好换洗衣物和温水，警察马上要送老人回家。细心的陈志鸿担心老人着凉，叫赖鑫坤先过去把警车的暖气打开，他再次抱起老人，迈着稳健的步子走向警车。开了暖气的警车比外面舒适多了，老人痛苦的面容缓和了一些。他们开车将老人送到了家里，她儿子端来温热的姜糖水让她喝下，又让她到里面换了干净的衣服。看着老人家走出来，说话已不再颤抖，两位警察的心终于放下了，叮嘱几句好好照顾老人，便转身离去。上了警车，赖鑫坤看到陈志鸿右半身的警服警裤全都湿透了，原来他自己只顾救助老人，竟然没有发觉。赖鑫坤关心地说，天哪，你可要小心着凉啊！陈志鸿不以为意地摆摆手说，没事，调大车内暖气就好了。

特殊的出警

2017年3月3日晚上6点左右，“漳州110”四中队的赖俊杰、陈银伟正在路面上巡逻，接到指挥中心指令：江滨华庭小区两位老人发生口角，请过去看看。虽是小事一桩，但是两位警察还是火速赶到了现场，从天而降似的出现在两位老人面前。原来老郑和老张是邻居，之前有过一些矛盾，平时都不说话了。晚上6点左右，老郑看到门口堆着一堆垃圾，一看就是有人故意倒在这里的，谁干的呢？他脑子一转，心想肯定是老张，只能是他了。老郑心里越想越气，提起畚斗走到楼下，装了一畚斗的沙土，倒在老张的家门口。话说几分钟后老张准备出门，开门就看到家门口一堆沙土，这是谁干的？他想肯定是老郑，正好看到老郑的身影就在楼梯口那里晃着，便指桑骂槐地说起来。老郑本来就有气，听到老张的声音，立即走过来。两位老人就这么面对面、口沫飞溅地相互指责起来。这时，有邻居看到了这一幕，他知道两位老人脾气都比较犟，眼看他们就要动手了，还是打了110报警……

警察出现，两位老人总算没有动起手来，但都是愤愤不平的，有一肚子怨气争相向警察诉说。赖俊杰、陈银伟一边耐心地听着老人说话，一边劝和他们，大家都是邻居，年纪也大了，相互体谅一下，各让一步嘛，然而好说歹说，老郑承认老张家门口的沙土是他放的，却一定也要老张承认在他家门口倒了垃圾，这下又僵持了。赖俊杰批评了老郑倒沙土的行为，老郑说这是报复老张先倒垃圾，老张指天发誓说他没有倒。看着两位老人都70多岁了，为着这么点小事争吵，万一弄出个血压暴涨、胸痛心梗什么的，那可真是悲剧了。他们分别劝慰两位老人，总算让老郑和老张的情绪慢慢平缓下来了。两位警察交流了一下眼神，从楼道口找到扫帚和畚斗，把他们家门口的垃圾和沙土清理到楼下的垃圾桶里。老郑和老张看到警察楼上楼下跑了两趟，把家门口打扫得干干净净，心里的坚冰似乎也被融化了。赖俊杰对两位老人说，大家年纪大了，一定不要冲动，邻里之间和谐相处也是一种福气嘛。两位老人点着头，各说各话，不过都是感谢“漳州110”，以后会注意之类的。看着他们心平气和地各自回家了，两位警察相视一笑，这老人有时也像孩子一样耍脾气啊。不过，两位警察最终还是以自己的行动，化干戈为玉帛，给他们做了一次有效的“公亲”（调解）。

2018年4月23日凌晨2点，整个城市都安静下来了，马鸿渊、王伟兵警组接到110指挥中心指令，新民花园小区一个老太太报警称有人在她家门上敲门。夜半敲门？这会是什么警情？当警察迅速赶到报警老太太家门口时，发现这里楼道静悄悄的，没有什么人，连一只猫都没有。他们上前敲了一下门，那个老太太立即开了门，马鸿渊告诉她说：“这里没有发现异常情况，您安心休息吧。”他们离开了新民花园小区，继续在路面上巡逻，大约一个小时之后，指挥中心又传来指令，刚才那个老太太报警说，有个醉汉在她家门上敲门。来了一个醉汉？马鸿渊、王伟兵立即驱车前往，可是楼道依旧静悄悄的，老太太家门口并没有什么醉汉，倒是老太太听到警察脚步声，打开门让警察进了房间，说：“警察同志，真是麻烦你们了，我刚才听到有个醉汉一直敲门，好像是敲我的门，也好像是敲隔壁的门，反正一直敲，敲得很响，我心脏不好，都睡不着觉，真是麻烦你们了。”马鸿渊安抚了老太太几句，带着王伟兵离开。没想到，过了一阵，指挥中心又传来指令，还是那个老太太，还是有个醉汉敲门。马鸿渊、王伟兵再次赶到现场，然而还是没有发现什么醉汉，四处静悄悄的。

马鸿渊和王伟兵刚离开一会儿，正准备回岗亭停靠，指挥中心的指令又来了，又是那个老太太！此时已是凌晨4点，整个城市都入睡了，这里的楼道显得特别安静，别说醉汉，连个影子都没有。老太太开门对警察说着客气的话，这时王伟兵心里有点不耐烦了，说：“老阿婆，您是不是存心逗我们啊？您……”马鸿渊立即用眼神示意他不能往下说了，再次楼上楼下、边边角角又细心地察看了一遍，确认没有醉汉。马鸿渊走到老太太面前，感觉她有什么心事，便关切地说：“老阿婆，您有什么困难，您尽管说，能帮到的我们一定会帮您。”老太太客气地连声说着不好意思，她夜里睡觉总是心神不宁，总是感觉有人在外面敲门。马鸿渊明白，这是老太太的心病，凭他丰富的接处警经验判断，三更半夜不会有人专敲老太太的门，她可能产生了某种幻听。为了安抚老太太，帮助她解决“心病”，马鸿渊决定留下来“守株待兔”，他们就围坐在老太太身边，陪她聊天。从年纪看，老太太是他们奶奶辈了。在交谈中得知，老太太的老伴过世多年，女儿远嫁外地，她长年一人独居，平时除了偶尔出去买买菜，遇到老邻居说几句话，几乎都是一个人坐着发呆。她夜里睡不好，总感觉有人在外面敲门，今天晚上她突然感觉一阵阵的恐慌，不得不报警求助。马鸿渊对她说：“您遇到了困难，打110电话给我们就对了，您看，我们这就来帮您了。”

聊着聊着，老太太精神状态变好了许多，马鸿渊告诉她说，其实没什么醉汉，不要多想，只管把心放宽，好好睡觉。老太太连连点头说，我明白了，这回可以睡个安稳觉了。年轻的警察不知不觉陪着年迈的老奶奶聊了一个多小时，老太太感觉有了睡意，马鸿渊和王伟兵起身告别，她一下拉住他们的手，含着泪水说，“漳州110”就是亲人。马鸿渊说，这是我们应该做的。老太太放下手，朝他们比起了一个大拇指。

走出老太太的家，警察再次楼上楼下巡查了一遍，没有发现任何异常，这才放心地离开小区。王伟兵想到自己的爷爷也是长期一个人独自生活，老年人是需要关爱的，他为自己刚才的抱怨感到过意不去。马鸿渊说，今晚这确是很小的事情，但是老人家信任我们“漳州110”，我们就要多担待，多一分耐心，群众事无小事嘛。

2020年12月6日晚上8点，霓虹灯、景观灯都亮了，城市的夜色特别美，正在路面巡逻的徐志文、杨毅斌警组接到110指挥中心指令，冠城国际小区有一起母子家庭纠纷，报警求助。在驾车前往的途中，徐志文想，母子纠纷？到底什么情况，他想多了解一些，便拨打了报警人的电话，听到电话里是一个年轻母亲的声音，原来是她跟10岁的儿子闹了“矛盾”，她感觉自己教育不了孩子，想请警察来帮她教育一下。这算什么警情啊？徐志文心里暗想，不过他并没有懈怠，既然指挥中心已经下令出警，他们还是在三分钟内赶到了现场，也就是那个报警的母亲家里。富有经验的徐志文首先把报警的母亲叫到一边，了解得知她有一子一女，儿子10岁读四年级，比较调皮，所以常常欺负刚上幼儿园的女儿，有时拳打脚踢的，下手很重。如果她说他几句，他就把自己关在房间里不出来。今晚小男孩无缘无故打了妹妹几下，母亲气得发抖，声称要叫警察把他抓起来，小男孩哭着躲进了房间。徐志文差不多明白了，他正好也是一个有二宝的父亲，在教育二宝方面有不少的心得体会，他让母亲暂时不要说话，开门走进小男孩的房间，把手搭在小男孩的肩膀上，像位亲人一样拍了拍，俯下身子关心地询问他在学校的情况。小男孩刚刚被母亲骂了一顿，哭泣的泪痕还没擦干，徐志文告诉他说，母亲都是爱孩子的，问他为什么会跟母亲怄气？他眨着眼睛，满怀委屈地说，母亲只关心妹妹，不关心他。徐志文这下全明白了，他轻声细语地告诉小男孩说，妈妈多了一个妹妹，忙起来可能忘了你，可你是哥哥呀，你还是小小男子汉，你应该保护妹妹的，怎么能打妹妹呢？小男孩抹着眼睛不说话。徐志文又告诉他说，妈妈要带妹妹也很辛苦的，你慢慢在长大了，有一个妹妹是多幸福的事啊，妈妈忽略了你的内心感受，你要多体谅她，我也会跟她说的。小男孩在徐志文耐心细致、语重心长的开导下，脸上的表情变得轻松，终于也有了笑容，开口说道："叔叔，我错了！"徐志文立即表扬他说："勇敢承认错误，是个真正的小男子汉。"小男孩转身走到客厅，给妈妈和妹妹深深地鞠了一个躬，表示真诚道歉，同时说道："我以后保证要对妹妹好。"年轻的母亲面对儿子的转变，高兴得眼泪都要流出来了，徐志文和杨毅斌两位警察看到这一情况也很欣慰，他们道别走出了门，徐志文回头对送到门口的母亲说，你儿子其实还是个孩子，必须多关心他，不能顾此失彼，应该在女儿和儿子之间维持好平衡。那个年轻的母亲连连称是，说："还是你们'漳州110'灵，我怎么教育他都没效果，晚上你们一来，他就听你们的了，谢谢！"徐志文说："不用谢，这不过是小事一桩。"

人民群众的小事，在"漳州110"这里都变成了大事。这么多年来，像这么特殊的出警，虽然没有一个具体的统计数字，其实还是挺多的，"群众的事再小也是大事"，必须以最大的真诚做人民的贴心人。

辅警与军转干部

警务辅助人员简称辅警，按照相关的工作规定，“漳州110”目前有110名辅警，他们都是漳州市公安局遵循公开平等、竞争择优、人岗相适的原则，从社会上招录进来的。这个招录程序跟事业人员、公务员招录程序完全一致，规范而且严格，网上报名、资格审核、笔试、确定面试人选、资格复审、面试、体能测试、体检、考察政审，它甚至还多出了一项“体能测试”。作为公安机关一支不可或缺的重要力量，辅警是公安机关破解任务繁重与警力紧张矛盾的现实选择，在协助民警维护社会治安、打击违法犯罪、开展行政管理和服务人民群众方面发挥了重要作用。

这些过五关斩六将进入“漳州110”的辅警，有许多本科毕业生，还有一些人家庭条件优越，伙伴们之间戏称“家里有矿的”，他们之所以愿意当辅警，正是冲着“漳州110”这块牌子来的。一些辅警直言不讳地说，这是一支光荣的队伍，能够在这里工作也是一份荣耀，虽然只是辅警，亲朋好友、同学熟人知道了，也能高看一眼，更主要的是这里能够锻炼人，培养出良好的品性，对自己以后的工作、生活极有帮助。

在“漳州110”的辅警，工资收入比其他部门上浮百分之十，这体现了上级组织对“漳州110”辅警的特别关爱。在大队里，辅警与民警在人格上是平等的，彼此尊重。大队领导直言，辅警只要做好分内的事，其他人不能使唤他去做无关的事。在个别部门，有的辅警像勤杂工一样被人任意使唤，这种情况在“漳州110”绝对不会发生。在日常管理中，辅警执行积分制考核评价，半年为一个考评周期，以表扬通报和支队、大队、中队督察为加减分杠杆，单个周期内积-5分的，列为辞退对象，做到抓早抓小，防微杜渐，确保辅警队伍安全稳定与素质提升。为进一步提升辅警队伍形象，促进优良纪律作风养成，“漳州110”还多次举行辅警队列会操比赛。只见赛场上，队员们精神振奋、警容严整、呼号响亮、士气高昂，操练动作整齐划一，指挥员沉着冷静、声音洪亮，充分展示了“漳州110”辅警队伍良好的精神风貌和身体素质。在全市清理辅警考核中，“漳州110”辅警无一人因理论考试被淘汰。对那些积极准备参加公务员、事业编制人员考试的辅警，“漳州110”总是给予鼓励和支持，所以每年都有人考上，最多的一年有12人被录用。

在“漳州110”的辅警队伍中，有一个人不能不提，他就是做图侦工作的何煜辉。这个有着“超级大脑”的小伙子1985年8月生于云霄，2004年毕业于漳州一职校，学的计算机专业，在电脑运用方面可以说是一个高手。2006年，他考进了芗城区公安局担任辅警，做的就是图像侦查方面的工作。2013年、2014年，他连续两年被芗城区公安局评为优秀辅警。何煜辉一心扑在工作上，勤学苦练，业务能力在图侦圈子里出了名，所以2017年4月“漳州110”筹建图侦专班时，就把他“挖”了过来。大队对他非常重视，限于编制身份的限制，无法给他任命相应的职位，但是大队经过研究，还是给了他一个“大队长助理”的职务，虽然没有享受到什么待遇，却是一种充分的肯定和很高的荣誉。

图侦借助的是互联网技术，但是却需要人脑发挥作用，也就是说人的主观能动性在这里发挥着巨大的作用。从芗城区公安局到“漳州110”，何煜辉立足于路面巡防的工作特点，把市区一万来个监控位置全都装入了脑子里，不上班时他爱逛街，却是与众不同，别人是购物、走路健身，他则是边走边看，观察、记忆建筑物的特征，留意街道状况的变化，包括哪里新开了一间什么店，哪间店又换了店招等等，他都一一记在了心里。伙伴们说，他的脑子里装了一幅“漳州城区图”，而且是三维的、全立体的，任何一条街道有什么标志、有什么重要建筑物，他都烂熟于心。

2021年1月10日，作为“漳州110”代表之一，何煜辉到北京参加了“时代楷模发布厅”的现场直播。他在现场接受了全国观众的“考试”，主持人当场连线在漳州的记者，屏幕上出现漳州市区一处夜间拍摄的画面，高楼一角，遮挡的树枝，两条街道的交叉路口……只鳞片爪的信息，辨不出东西南北，着实让人摸不着头脑，他能凭借这些蛛丝马迹说出这是哪里吗？只见直播现场的何煜辉盯着屏幕看了一会儿，略加思索，不到十秒钟便张口说出这两条街道的名称以及周围的小区名称，包括街道上所开的店铺名称，答案揭晓，竟然完全正确，甚至连店铺名称、次序都说对了。他的脑子无疑就是活地图，令人赞叹不已。何煜辉觉得这其实并没什么秘诀，只是因为他热爱这一份工作，用心去记忆，时常在脑子里自我“考试”，反复地记，有针对性地记，日积月累，久而久之就记熟了。“无它，惟心熟尔”，“超级大脑”就是这样练成的。

根据国家的统一安排，漳州市公安局每年都要接收安置一批军转干部，其中营职及以下职级、35周岁以下的干部进入“漳州110”先担任普通民警。军转干部的加入，悄然改变了大队队情。原先队员以公安院校毕业生为主，从2019年8月起，军转民警（军转干部、特警特招、海防转改）增多，目前达到了55名，超过常年占绝大多数的公安院校毕业生，占现有民警总数的47%。在大队领导看来，这些军转民警是“漳州110”的富矿，他们政治素质高，管理经验丰富，有较强的使命意识和担当意识。从部队到地方，脱下军装穿上警服，对每个人来说都是一种重大的人生转变。如何面对变化，尽快适应新的角色？他们的积极态度就是学习学习再学习，一方面提高政治自觉，始终紧跟党的步伐，不断加强对党的创新理论学习和理解，以新时代共产党员的标准严格要求自己，关注时政动态和国际国内形势变化，确保与时代脉搏一致，与党组织同呼吸、共命运；另一方面加强法律知识学习，提高执法素养。原来在部队里都是营职干部，如今成为普通民警，不必讳言，有些人一开始多少是有些心理落差的，但他们很快调整了心态，摆正了位置。“漳州110”所取得的荣誉，让他们觉得“与有荣焉”，而“漳州110”半军事化管理，也让他们觉得特别适应。曾经是营职干部的徐志文在戴上“漳州110”红袖标时说：“佩戴上红袖标时，感觉它很‘沉’，沉的是人民警察的职责，沉的是‘漳州110’的精神和荣誉，沉的是今后肩上担负起的人民的期盼。”在部队工作了十几年的王铭说：“把每次接出警都当作处理自己家里的事，群众满意是最基本的要求。”到“漳州110”的三年多里，他把这里当作学校，政治教育、心得体会等记了满满四本笔记本。一批军转干部很快在实际工作中脱颖而出，表现出良好的素质，像金斌、徐志文、林党委、孔鹏、王铭等等，在出警勤务中，不断磨炼锤打自身本领，以过硬的执法素质完成每一次出警。在日常生活中，他们积极协助所在中队的中队长和指导员做队员的思想工作，因为综合素质高，有阅历有眼界，所说的道理容易被队员们接受。

“有事找芳芳”

对漳州老百姓来说，“有困难找110”，而在“漳州110”，却是“有事找芳芳”。

这个芳芳就是“漳州110”勤务室主任徐芳芳，她是2016年6月竞聘上岗的，成为这个优秀警队的“总管”。她工作兢兢业业，很快赢得了大家的肯定。

徐芳芳1988年3月出生，是个典型的“80后”，2011年从福建警察学院毕业后考进漳州市公安局，先是在110指挥中心当接警员。这是一个比较单调、枯燥的岗位，其实也是很考验人的。2013年6月7日早晨7点左右，徐芳芳接到一个报警电话，电话那头只说了一声“您好”便不再吭声，她问了几句，对方还是沉默。徐芳芳感觉这不同寻常，一种直觉告诉她，这里面有不容忽视的警情。她判断报警人不方便大声说话，可能人身自由受到限制，便悄声询问对方遇到什么情况需要什么帮助。对方终于开口了，听得出故意把声音压得很低，让人听得很吃力。但是徐芳芳还是从对方不连贯的语句里，敏锐地捕捉到了几个关键词：“传销”“双菱”“救我”。她还想再问点什么，对方突然把电话挂断了。

根据初步掌握的信息，徐芳芳判断报警人可能正处于传销组织的控制之中，地点是在一个叫作“双菱”的地方，对方突然挂断电话，表明他身边有人，且可能发现了他的异常，如果用110电话回拨过去，他身边的人就会知道他报警了，他的处境就会变得更加危险。徐芳芳在脑子里搜索“双菱”这个地点，很快断定这个地点应该是位于九龙大道的双菱新村，因为传销组织往往选择城乡接合部和老旧小区设立窝点，但是这个双菱新村范围不小，她一边指令附近的梯队前往处置，一边想方设法进一步掌握更确切的位置信息。在征得领导同意后，徐芳芳决定用个人手机和报警人取得联系。打电话不合适，只能发短信。而短信也必须隐晦，以防被报警人身边的人发现，打草惊蛇。徐芳芳和同事们再三斟酌，推敲了许久，发出一条看似平淡无奇但信息量很大的短信：“刚刚我们通过电话，具体地址在哪里？”“嘀”的一声，手机上很快收到回复的短信。徐芳芳一看就兴奋了，“双菱新村×栋×层”。她立即又回复：“哪一间？”但是，短信声音没再响起了。不过有了具体楼号与楼层，这已经大大缩小了排查范围，前方接警的民警得到最新信息后，很快找到了那个房间，一个振奋人心的好消息传了回来：那个报警人找到了，他和另外两个被非法限制人身自由的同伴被解救了出来，而三个传销头目被警方控制。那个报警人当场举报另一处在工人新村的传销窝点，警察们当即增加警力前往处置，一举将之捣毁，解救出被传销组织控制的40余名人员。

一个语焉不详的电话，放弃也就放弃了，但是因为徐芳芳的细心和耐心，得以打掉两个传销窝点，解救近50名受害者，这显示出她老练和成熟的职业素质。

事业心、责任心和奉献精神，使徐芳芳在不同的岗位上历练成长。竞聘当上“漳州110”勤务室主任之后，她迅速转变角色、投入工作，将“漳州110”这块老牌子放在心上、托在头顶，以细心、耐心、真心对待工作和同事，当好领导的参谋助手和上下级之间的沟通桥梁，带领勤务室全体人员圆满完成“G20峰会”安保、“金砖会晤”安保、中华人民共和国成立70周年大庆安保等重大安保活动的一线后勤保障工作，同时筹划并完成“漳州110”20周年纪念大会、全省公安机关学习推广新时代“漳州110”现场会等重要接待保障任务。特别在2019年初国务委员、公安部部长赵克志莅临视察“漳州110”前，徐芳芳为充分展现“漳州110”这张城市名片，连续加班加点一个月，周全地考虑接待保障的每一个细节，赢得了公安部和省市领导的高度肯定。在全市开展“不忘初心、牢记使命”主题教育第五专题活动中，接待保障参观来访126批次3608人次，徐芳芳不仅负责统筹安排所有接访接待细节，还牺牲休息时间参与现场保障，确保主题教育取得良好效果，工作零失误，保障零差错，圆满甚至超额完成任务，得到各级领导和同志们的一致认可和赞誉。

作为“漳州110”的总管家，徐芳芳事无巨细，全都非常上心。在执行重大安保任务期间，由于面临很多新情况、新问题，后勤保障经常出现一些意想不到的困难和矛盾。但不论是急需的装备物资，还是深夜的伙食保障，徐芳芳总能想尽一切办法满足执勤需要。特别是在近期抗击疫情执法执勤期间，由于口罩、消毒和防护物资的紧缺，一线执勤民警感染风险高、压力大，她一方面积极向上申领，另一方面通过个人途径千方百计采购，保证了防控物资的充足供应，确保了疫情期间执法勤务正常运转。对执勤民警在日常工作和生活中遇到的困难，徐芳芳看在眼里，记在心里。夏季天气炎热，她每天提前半小时到单位为上岗执勤梯队熬好凉茶；抗疫期间天气寒冷，为防止大家感冒发烧，她每天为大家熬制姜茶。漳州人爱喝凉茶，这是根据气候、水土特征，依照中医养生理论，用中草药煮出来的一种茶汤，大多具有清热解毒、祛火除湿等功效。徐芳芳煮的凉茶每天都不一样，不同的草药、不同的口味，不变的是她的一颗爱心。在大队长黄海强的带动下，大家你一句我一句，为每天不同的凉茶写了打油诗，然后打印出来，贴在凉茶桶的上方，久而久之，这也形成了“漳州110”别具一格的“凉茶文化”。比如有一周的“凉茶诗”是这样的：周一“喝了罗汉果，警情少又妥”，周二“喝完南非叶，平安上大夜”，周三“常饮菊花茶，明目利盘查”，周四“柠檬配山楂，平安你我他”，周五“一品烧仙草，治安秩序好”，周六“周末金银花，出警人人夸”，周日“多喝绿豆汤，训练不受伤”，简练而又诙谐。2019年抗击“白鹿”台风时，徐芳芳为了给队员们提神醒脑、补充体力，专门熬制了一款脉动茶，还写上了两句：“自制脉动茶，白鹿算个啥”。当准备出警的队员们端起脉动茶喝时，不由得会心地一笑，有的还引吭高歌了一曲，“临行喝完一碗茶——”满满的革命乐观主义。

为适应“漳州110”勤务模式改革，更好地为全体民警做好后勤保障服务，徐芳芳不断创新管理模式、更新服务理念，提倡“后勤先行、精准服务”。如大队警用车辆多，执勤使用频繁，故障率高，她推动引进百事顺汽车维修有限公司入驻大队，与对方协商好24小时不间断维修保障，极大提高了车辆使用的安全性和及时性。针对警务站条件差、“冬凉夏暖”的现状，她配合大队设计新建12个警务站并配齐变频空调，极大改善了民警的执勤环境。

作为大队的总管家和中转站，徐芳芳忠实履行了自身职责。对上，能够做到不打折扣、不讲“价钱”；对下，能够做到马上就办、现在就办，特别是能深入普通民警当中，及时掌握大家的思想动态和各种诉求，积极地向领导反馈。在她身上既显示了亲和力，又体现出领导力，完善上下沟通渠道，通畅内部联系关卡。在队伍管理上，她充分发挥情况掌握全面的优势，敢于直言谏言，推动绩效考核细则制定，突出实用可操作性，加强“指挥棒”作用，推动大队出台辅警管理“两个不遗余力”的方针，即“从优保障不遗余力、从严管理不遗余力”，树立鲜明的用人导向，辅警队伍管理正规有序。多家单位前来取经学习，《闽南日报》等媒体也做了重点宣传报道。

时时留心、处处用力，当好宣传“金话筒”。徐芳芳以扎实的宣传工作为“漳州110”取得了广泛的、深远的、正面的社会影响力。她细心收集素材，策划并组织开展了“十佳锦旗故事”评选展播，通过收集民警在执勤中的好人好事好案例，以小见大、细微处见真情，展现了“漳州110”的良好形象和风貌。“十佳锦旗故事”在“漳州110”和漳州公安等公众号的阅读量达3万余人次，得到群众的高度肯定。她还积极主动对接宣传报道，2019年以来，对接推动《人民公安报》、《法制日报》、中央电视台、福建电视台等媒体刊播“漳州110”宣传报道180余条，各大网络转载1100余条，与漳州人民广播电台联合主办《直通“漳州110”》节目，每周定时播报。在市局先后五次对“漳州110”事迹展览馆进行硬件升级的基础上，徐芳芳注重加强软件内容的升级改造，对讲解词数易其稿，宣讲内容不断精益求精，力求充分展示“漳州110”各个时期的工作亮点和精神，使其成为宣传新时代“漳州110”精神的主阵地，成为漳州人民精神文化生活的重要组成部分。同时，她还组织8个中队11名人员开展小讲解员培训，手把手教、面对面带，确保讲解人手充足、解说到位。2016年至今，展览馆共计接待17个省份444批次、13728人次的讲解，在宣传推广上取得了累累硕果。近日，福建省委党史学习教育领导小组办公室向全社会公布100个党史学习教育参观学习点，“漳州110”基地光荣入选。

徐芳芳积极筹划和组织开展110宣传日、禁毒日宣传等活动，丰富文化生活，构建和谐警民关系；组织人员制作视频参加市团委“三微”大赛；拍摄制作“凌晨4点的漳州”在青春漳州公众号宣传；参与策划的小品《特殊任务》荣获2019年全省公安系统相声小品大赛优秀奖；《“110”是怎样炼成的》荣获第三届福建省曲艺“丹桂奖”大赛第一名，对外展现了“漳州110”青春洋溢、积极向上的精神风貌，在全社会树立了“漳州110”的良好形象。

坚强有力的保障、亲切和蔼的态度，这使得徐芳芳在“漳州110”的人缘特别好，所以大家常常说“有事找芳芳”。

春风浩荡碧湖美

2019年1月6日，国务委员、公安部部长赵克志莅临“漳州110”考察指导，对新时代“漳州110”精神及经验做法给予充分肯定，要求学习、宣传、总结、推广新时代“漳州110”的做法和经验，坚持以人民为中心，永做人民的保护神。

时令已进入腊月，漳州却是一片春和景明的气象，碧湖公园水天一色，辉映成画。在“漳州110”基地，赵克志认真观看“漳州110”事迹展览，深入了解他们的光荣历史，对他们成为漳州人民心中“工作最苦、坏人最怕、百姓最爱、形象最好”的警队，在新时代不断探索警务新机制的经验做法给予充分肯定，称赞他们二十九年无一人违法违纪非常不简单。他要求，要牢记习近平总书记的殷切期望和深情嘱托，始终坚持以人民为中心的发展思想，始终坚持与时俱进改革创新，急群众之所急、想群众之所想，永远做“人民的110”，永远无愧于“人民的保护神”的光荣称号。要在全国公安机关大力弘扬“漳州110”精神，学习借鉴新时代“漳州110”经验，紧密结合坚持发展新时代“枫桥经验”，积极适应新时代新要求，加强社会治理创新、推进警务机制变革，夯实公安工作群众基础，不断增强人民群众的获得感、幸福感和安全感。

2019年2月14日，公安部向全国公安机关发出《公安部关于新时代“漳州110”坚持“以人民为中心 做人民保护神”先进事迹的通报》，并将学习新时代“漳州110”先进事迹列入“践行新使命，忠诚保大庆”实践活动的重要内容。

通报指出，“漳州110”彰显了新时代人民警察忠诚使命的担当、赤诚为民的情怀、改革创新的特质，是不忘初心、忠诚使命、改革创新、拼搏奉献的典范。认真学习宣传新时代“漳州110”精神，对各级公安机关深入开展“践行新使命，忠诚保大庆”主题实践活动，实施改革强警和大数据战略，落实全面从严治党治警各项措施，打赢庆祝新中国成立70周年安保维稳这场硬仗具有重要意义。

通报要求，各级公安机关要学习“漳州110”永远听党指挥、始终忠诚担当的政治本色，坚持用习近平新时代中国特色社会主义思想武装头脑，增强“四个意识”，坚定“四个自信”，做到“两个维护”；学习他们以人民为中心、永做“人民的保护神”的初心使命，积极回应人民群众对公安工作的新期待；学习他们锐意改革创新、不断完善警务机制的开拓精神，不断探索新时代现代警务新机制，提升新时代公安工作水平；学习他们坚持严管队伍、实现无违法违纪的先进经验，锻造一支政治过硬、业务过硬、责任过硬、纪律过硬、作风过硬的公安队伍。

此后，全国公安机关迅速掀起了学习推广新时代“漳州110”热潮。2019年，全国各地先后有310批8767人来漳学习交流。山东济宁、四川泸州、云南昆明、贵州贵阳等多地相继参照“漳州110”模式推动警务改革。

2019年3月11日，全省公安机关学习推广新时代“漳州110”现场会在漳州召开。福建省公安厅领导出席会议并讲话，省直有关部门领导和各设区市、平潭综合实验区分管领导等应邀参会。省公安厅领导在会上要求，要把“以人民为中心，做人民的保护神”贯穿公安工作始终。全省公安机关要深刻领会“人民的保护神”的丰富内涵和重大意义，增强“四个意识”，坚定“四个自信”，做到“两个维护”，全心全意当好人民的保护神；要大力弘扬新时代“漳州110”

对党忠诚、听党指挥的政治品格，不忘初心、担当奉献的为民情怀，改革创新、锐意进取的开拓精神，从严治警、严管队伍的优良作风，在更高层次上引领助推福建公安工作发展进步；要深入学习推广新时代“漳州110”“四警四化”新型警务机制，强化主动预警，优化勤务机制，推行多维接警，规范工作流程，不断提升维护社会安定、人民安宁的能力水平；要积极推动非警务类警情顺畅分流，完善12345平台建设，强化各类平台系统互联互通，推动公安110回归“保一方平安”主业，推动警力下沉，开创打击犯罪、保护人民工作新局面。

2019年4月8日，中共福建省委办公厅、福建省人民政府办公厅下发《关于新时代“漳州110”先进事迹的通报》，充分肯定新时代“漳州110”先进事迹，要求在全省范围内进一步学习推广新时代“漳州110”精神。新的时代、新的征程、新的作为，“漳州110”如何跨出更坚实的一步，如何迈向更辉煌的明天？他们一直在探索，一直在行动。历经岁月的洗礼，这支优秀的警队更加昂首阔步走在奋进的路上，以新担当承载新时代，以新作为闪耀新征程。

春风浩荡，吹过碧湖公园的水面，荡起一圈圈美丽的涟漪。在这个四季如春的城市里，春天格外美丽和繁华，到处繁花似锦，生机勃勃，在“漳州110”基地，训练备勤、学习探索，那些“110”警察就像辛勤的蜜蜂，准备酿出一个更加美好的春天……

改革永无止境，创新未有穷期

2020年11月10日上午，漳州市十六届人大常委会举行第三十五次会议，会议通过了市人民政府关于提请林晓东同志任职的议案，决定任命林晓东同志为漳州市人民政府副市长、公安局局长。在会上林晓东做了供职发言和宪法宣誓。当天下午，林晓东便到了“漳州110”调研。这是他上任后的第一件公务。在市局党委副书记、常务副局长黄跃欣陪同下，林晓东参观了“漳州110”事迹展览馆，观看了“公安特警五项”训练和武器装备展示，深入队员之家慰问了一线民警，并与支队、大队领导进行了座谈。座谈中，黄跃欣介绍了支队班子和支队近些年取得的工作成效。李海宁支队长汇报了支队基本情况和当前重点工作。林晓东对支队建设给予充分肯定，表示一直以来就很关注“漳州110”的建设发展，对支队下一步工作提出了四点要求：一要增强护旗意识。“漳州110”是全国公安战线的一面旗帜，我们要像爱护自己的眼睛一样爱护它。要继续努力传承“漳州110”精神，践行宗旨，再创辉煌；二要强化队伍支撑。队伍质量建设是根本。要以党建引领队建，建设过硬班子。要通过提升职业素养，强化职业道德，内强素质、外树形象，保持好、发展好巡特警这支光荣队伍；三要加强机制创新。要以最有效打击犯罪、服务人民为目标，推动勤务机制创新。要在“快”字上下功夫，以“快”为切入点解决机制运行、效率提升问题，继续在勤务机制创新上当尖兵；四要严抓队伍管理。要坚持政治建警、全面从严治警。继续保持准军事化管理，开展好一人一事思想工作，加强思想引导，及时化解矛盾隐患，确保队伍安全稳定。

早上任职，下午调研，第一站便是“漳州110”，市局领导的重视和关爱由此可见一斑，这对“漳州110”来说是一种鼓舞，也是一种鞭策。百尺竿头，更进一步，如何实现新的突破？抓实抓细抓到位，创新创优创品牌？这是摆在

“漳州110”面前的当务之急，因为成绩代表过去，新的征程里必须有新的作为，这才是新时代“漳州110”精神的题中应有之义。在“漳州110”基地，笔者几次与黄海强大队长、张斌教导员交谈，深切感受到他们忠诚担当、追求卓越的拳拳之心。在黄海强那温和带笑的脸上，甚至出现了一丝焦虑的神色，这是对事业的一种紧迫感，他说，“漳州110”要从0出发，向前，向前，再向前。目前“漳州110”五分钟内到场率86.04%，十分钟内到场率基本实现100%，“两抢”破案率达100%，群众满意率100%，但是，我们自己还不满意，五分钟到场率还是可以提升的，这就需要借助新的支撑，极致地追求每一个细节。

人勤春来早，风正好扬帆。2021年1月1日，漳州市公安局正式成立“漳州110”大数据合成作战中心，打造“合成多能、快速反应、全域应用”大数据合成作战队伍，形成全息作战体系，推动警务效能全面提升。漳州市副市长、公安局局长林晓东在讲话中信心满满地说：“大多数小案都发生在群众身边，与群众利益息息相关。守护人民美好生活，就是要最大限度破案挽损，让群众体验更多实实在在的获得感。”在“110基地”，黄海强倍感兴奋，他说：“用合成作战来推动它，用更快的速度去破案，追赃挽损才是对受害者最大的公平正义。挽损率提高后，人民群众的体验感就提高了。要积累每个小体验，最终让其成为新时代最好的大体验。”

习近平总书记说过：“抓创新就是抓发展，谋创新就是谋未来。不创新就要落后，创新慢了也要落后。”纵观“漳州110”的历史，因创新立，因创新强，因创新兴。

面对不断发展变化的社会治安形势和人民群众的新期待，“漳州110”必须不断探索，始终在改革中创新、在创新中发展，持续推动警务机制转型升级，不断满足人民群众对美好生活的需求。上任伊始，林晓东便一直在思考探索“创新”这个课题。“漳州110”的未来只能是一条不断创新的为民之路。林晓东说：“我们将继续聚焦不断提升人民群众的获得感，以110合成作战中心为依托，为‘漳州110’装上‘最强大脑’，全面打造全链条闭环快速反应机制，不断推动警务机制转型升级，用行动捍卫‘人民的保护神’的神圣荣誉。”

这是一场悄然启动的勤务改革，一切都在妥善运筹之中。创新的核心从此前的“快处快打”向“快派快处、快破快换、快督快结、快奖快惩”转变。作为一名学者型警官，林晓东早就成竹在胸，他说：“目前，我们按照整体、系统、融合的理念，组建了漳州市公安局110合成作战中心，以‘漳州110’为革新龙头，整合优化警务资源，打造全息作战体系，推动维稳安保、社会防控、打击整治、执法规范、队伍管理全要素创新发展，探索建立职权清晰、集约高效、智慧灵敏、专业实战的现代警务模式，探索出一条彰显时代特征、符合公安实际、具有漳州特色的改革强警之路。”

这最新一轮警务探索方向最显著的特点是合成作战。漳州市公安局整合了局内的优质警务资源，从刑侦、治安等部门抽调合成作战专业人员，组建110合成作战中心，强化后台的情报研判分析，为“漳州110”等前端警种部门的快派快处、快破快挽装上“最强大脑”。以组建110合成作战中心为引擎，漳州市公安局着力构建“快派快处、快破快挽、快督快结、快奖快惩”全息作战体系，围绕接警处警、破案追赃、执法质量、奖励惩罚“四大环节”，努力实现警务系统全链条快速反应、无缝衔接，突出“漳州110”更快更灵的时代特征。

走进漳州市公安局110合成作战中心，每个工位上，熟谙合成作战和信息研判的专业人员正紧张地忙碌着。

“没想到这么快就破案了，太感谢了。”1月2日晚上7点多，蒋先生看到自己失而复得的自行车，紧握着“漳州110”民警蔡景林的双手。三小时前，蒋先生的自行车在漳州市芗城区一服装店门口被盗。根据指令，路面“漳州110”巡逻组仅用一个半小时就在案发现场附近抓获犯罪嫌疑人周某、范某，缴获被盗自行车。

1月3日晚上6点，一名群众报警称，有人在芗城区某食杂店抢夺物品后逃离。接报后，110合成作战中心立即开展研判，协同芗城区分局扩大监控排查范围，1月4日下午2点许锁定嫌疑人位置，指令“漳州110”出警，一个多小时便抓获了陈某等三名嫌疑人。“合成作战让我们的行动更有目的性，有效提升了破案挽损的能力水平。”负责处置这起案子的“漳州110”民警陈志鸿说。

新改革、新成效、新局面。低调务实的林晓东表示：“新一轮警务改革刚刚起步。我们将充分优化警务资源配置，依托合成作战中心，发挥数据资源优势，有效支撑‘漳州110’科学用警、科学勤务，探索新时代市域警务机制改革之路，引领漳州公安警务机制改革更快更好发展。”

一切的探索，一切的创新，都是为了人民，突出忠诚使命，突出止于未发，突出更快更灵，突出共治善治。林晓东说：“警务运行机制改革带来警务效能的有效提升，随之得到进一步提升的是公安机关社会治理体系和治理能力的现代化。”诚如斯言，目前，受“漳州110”警务机制改革创新的辐射带动，漳州聚合社会各界力量，形成共建共治共享的基层社会治理格局，有力推进了市域、县域社会治理体系和治理能力现代化。近日，漳州市区发生一起飞车抢夺金项链的案件，警方迅速锁定了犯罪嫌疑人，并联合“龙溪猎鼠队”蹲守三个多小时，追击数公里，抓获犯罪嫌疑人一名。这是一起在漳州城乡社区网格治理“2+N”模式暨“社区(乡村)110”支撑下破获的典型案例。“2+N”模式中的“2”即“二员”，指城乡社区（村居）的网格员和民警(辅警)；“N”是指治安巡防队、法律援助队、志愿服务队等若干支专门队伍。具体运作中，由所在社区(村居)“两委”成员担任的网格员和按“一社区(村居)一警(辅警)”配置的民警(辅警)发挥人熟、地熟、情况熟的优势，专职承担采集基础信息、收集社情民意、排查整治安全隐患、排查化解矛盾纠纷、宣传政策法律法规、代办公共服务等职责和任务，加上因地制宜组建的治安巡防队、法律援助队、志愿服务队等若干支专门队伍，组成城乡社区（村居）综合治理的一张大网，实现“矛盾不上交、平安不出事、服务不缺位”的目标。

“如果案发后不能迅速抓获嫌疑人，则需要用更多的时间来确定嫌疑人身份及其藏身之地，且被盗财物极有可能被销赃。正是运用全息作战，使得案件侦破效率极速提升，迅速挽回群众损失，避免更多群众受到伤害。”“漳州110”第三任大队长，现任漳州市公安局党委副书记、常务副局长许佳说，通过合成作战中心、110、派出所以及各相关警种实时互动，形成情报、研判、预警、指挥、处置、反馈、评估环环相扣的“咬合闭环”，大幅度缩短案件整体侦办周期，执法规范化理念贯穿始终。为强化全息作战体系支撑，漳州市公安局适时启动了“12345”信息共享平台、公安信息资源服务平台的改造及自建合成作战平台建设项目，进一步解决数据来源、数据储存、数据融合和数据应用问题，形成数据融合、共享、实战应用中心，使全息警务在统一平台上运作、跟踪、督促、考评。

改革永无止境，创新未有穷期。目前，合成作战中心已建立50项公安专业功能模块，利用“视频侦查+大数据”模块，对所有案件即时合成研判、精确制导。据统计，仅2021年上半年就为群众挽回损失900多万元，其中24小时内挽损占比达91.5%。“漳州110”志存高远，脚踏实地，深入实施合成作战、强基固本、智能防控和服务升级工程，全力打造“快派快处、快破快挽、快督快结、快奖快惩”的全息作战体系，助推实现公安工作高质量发展，打造人民群众满意链，他们一直走在第一线……林晓东表示：“全息作战，不是简单的警种配合和信息整合，而是推动大数据合成作战工作向体系化、系统化演进，以最有效的机制将现代警务的理念真正融入基层实战。”

在荣誉面前，从0出发

2020年7月，经党中央批准、国务院批复，自2021年起，将每年1月10日设立为“中国人民警察节”。

2020年8月26日，中国人民警察警旗授旗仪式在北京人民大会堂隆重举行。中共中央总书记、国家主席、中央军委主席习近平向中国人民警察队伍授旗并致训词，代表党中央向全体人民警察致以热烈的祝贺。

2021年1月10日，在共和国第一个“中国人民警察节”到来之际，中共中央宣传部向全社会公开发布“漳州110”的先进事迹，授予他们“时代楷模”荣誉称号。发布仪式在中央广播电视总台举行，金碧辉煌的演播大厅，宽阔如镜的显示屏上，一个个镜头定格了一幅幅人们熟悉的画面：“漳州110”警察的身影出现在寻常巷陌、出现在寒暑昼夜、出现在人民群众中间、出现在追捕现场、出现在烈火洪水危急之际……

“漳州110”代表——第三任大队长、现任漳州市公安局副局长许佳，第五任大队长、现任漳州市公安局巡特警支队支队长李海宁，现任大队长黄海强、教导员张斌、中队长王微、辅警何煜辉，迈着矫健的步伐，整齐地走上领奖台，抬起手向全场以及观看直播的所有观众敬礼，顿时，全场掌声雷动……

这支与时俱进的优秀警队的六位代表，此时在全国人民面前接受检阅一般，展示出刚毅而智勇、亲和而坚定的神采。那一时刻，他们的目光炯炯有神，他们的心头波澜起伏——时代楷模，这是党和人民给予的荣誉！会场响起宣读授奖词的声音，在那庄严恢宏的声音里，人们仿佛看到“漳州110”一路风尘仆仆地走来，豪迈坚定的跫音叩响了大地……

福建省“漳州110”，全称为“福建省漳州市公安局巡特警支队直属大队”。多年来，“漳州110”始终牢记总书记“人民的保护神”的殷切嘱托，坚持党建引领，筑牢忠诚警魂，打造过硬“公安铁军”。1990年引领全国建立110报警服务台和快速反应机制，实现了打击犯罪、维护治安、服务群众功能的有效整合，赢得了当地党委政府的充分肯定和人民群众的高度信赖，被百姓亲切地誉为“远亲不如近邻，近邻不如‘漳州110’”，推动“110”成为人民警察队伍的标志性品牌。中宣部当时会同有关部门，将“漳州110”作为全国重大典型进行宣传，在全社会引起广泛深刻影响。进入新时代，“漳州110”持续深化警务机制改革，着力打造“漳州110”升级版，积极拓展建立网格治理“社区（乡村）110”，有力推进基层社会治理体系建设，不断增强人民群众获得感、幸福感、安全感。被国务院授予“人民的110”荣誉称号，连续6届被评为“全国文明单位”，获得“全国先进基层党组织”等48次省部级以上重大集体表彰。

“漳州110”是忠实践行总书记“对党忠诚、服务人民、执法公正、纪律严明”总要求的优秀公安基层单位代表，是新时代人民美好幸福生活的守护者，是基层社会治理体系和治理能力现代化建设的践行者。他们的先进事迹，集中体现了人民公安对党忠诚、听党指挥的政治品格，一切为了人民、一切依靠人民的价值追求，改革强警、锐意创新的奋进精神，克己奉公、无私奉献的良好形象。为宣传褒扬他们的先进事迹，中共中央宣传部决定，授予福建省“漳州110”“时代楷模”称号，号召广大党员干部特别是公安民警以他们为榜样，更加紧密地团结在以习近平同志为核心的党中央周围，认真学习贯彻习近平新时代中国特色社会主义思想和习近平法治思想，坚持总体国家安全观，齐心协力、开拓进取，以优异成绩迎接建党100周年，为全面建设社会主义现代化国家、实现中华民族伟大复兴中国梦不懈奋斗！

这支优秀的警队三十一年来不忘初心，砥砺前行，探索出一条维护治安、服务人民的新路子，成为公安战线一面高高飘扬的旗帜，永不褪色，而且在新时代的阳光里飘得更高。

“时代楷模”发布会在“中国人民警察节”当天晚上的央视一套黄金时间播出，这是向中国人民警察致敬，也是中国人民警察对人民的回报。人民警察队伍是一支有着光荣传统和优良作风的队伍，也是和平年代牺牲最多、奉献最大的队伍。作为这支队伍中的优秀代表，“漳州110”只争朝夕，不负韶华，向人民交出了一份满意的答卷。

央视《新闻联播》、《人民日报》、《光明日报》、《经济日报》、《法制日报》、《中国青年报》、新华社、中新社等国家级重要媒体纷纷播出（发表）关于“漳州110”先进事迹的专题片和通讯报道，《人民公安报》连续三天发表论“大力弘扬新时代‘漳州110’精神”的三篇评论员文章《忠心向党　砥砺担当》《赤诚为民　恪尽职守》《开拓创新　提质增效》。在微博、微信、抖音等社交媒体，“漳州110”也被刷屏了。2021年2月26日，中共福建省委下发《关于开展向“时代楷模”“漳州110”学习活动的决定》，再次号召全省广大党员干部向“漳州110”学习，学习他们听党指挥、永葆忠诚的政治品格；学习他们不忘初心、担当奉献的为民情怀；学习他们改革创新、锐意进取的开拓精神；学习他们铁规律己、严管队伍的过硬作风。增强“四个意识”，坚定“四个自信”，做到“两个维护”，全方位推动高质量发展超越，奋力谱写建设社会主义现代化国家的福建篇章。

为什么“漳州110”的群众满意率达100%?

以人民为中心，为群众创造更好的生活体验。习近平总书记说：“人民警察来自人民，心系人民、植根人民、服务人民是公安机关的优良传统。”在漳州，群众充分感受到的是“警车常转、警灯常闪”“出警神速、有危必救”“警察就在身边、平安就在眼前”。“漳州110”把人民的困难当作自己的困难，人民的满意就是他们最大的心愿。“漳州110”第三任大队长许佳说：“我们对群众满意率的追求几乎到了严苛的程度，不容忍工作中的任何瑕疵，不忽视来自群众的任何微词。”“漳州110”始终坚持以人民为中心的发展思想，把“群众支持不支持、满意不满意、答应不答应”作为一切工作的出发点和落脚点，把提升人民群众满意率和获得感作为永恒动力和价值追求，坚持警务围着民意转，从最基础的接警、派警、出警、处警着手，最大限度主动预警、精准布防、止于未发，千方百计为群众纾危解困，确保人民群众遇到警情都能第一时间找到报警渠道、第一时间看到人民警察、第一时间得到高效处置、第一时间减少伤害损失，给予人民群众实实在在的安全感。抗击新冠肺炎疫情期间，“漳州110”百名民警第一时间主动请缨提交请战书，组建“漳州110党员突击队”，坚持“一个小组就是一座堡垒、一名民警就是一面旗帜”，在漳州定点隔离医院封控区域和社区街道等疫情防控一线，按照疫情防控需求与医护人员密切配合，做到“漳州110”民警到哪里，旗帜就插到哪里，全面助力疫情防控和经济社会发展，确保了社会治安秩序稳定。

为什么“漳州110”总能引领公安改革的潮流？

以创新为动力，在改革中创新，在创新中发展。“漳州110”在传承创新中精准把握时代脉搏，围绕不同时期人民群众的期盼关切，先后进行7次重大警务改革，每一次都紧跟时代潮流、每一次都顺应民心民意，更加凸显出“忠诚使命、止于未发、更快更灵、共治善治”的“漳州110”新时代特征。建队伊始提出“巡警在您身边，有事请找巡警，报警电话110”，走出了维护治安与服务群众并重的新路子，让110报警电话深入民心，成为密切警民关系、党群关系、干群关系的桥梁和纽带。进入新时代，“漳州110”始终把快速反应作为克敌制胜的法宝，把“再快一秒”作为目标追求，构建主动预警、精细布警、多维接警、动中处警和智能化指挥、精准化服务、标准化执法、专业化建设的“四警四化”现代警务机制，实现80%警情五分钟内到场。组建110合成作战中心，从“快派快处、快破快挽、快督快结、快奖快惩”八个方面入手，打造全息作战体系，推动维稳安保、社会防控、打击整治、执法规范、队伍管理全要素创新发展，提升公安机关驾驭复杂局势能力，不断提高平安漳州建设科学化、社会化、法治化、智能化水平，全面带动公安工作整体发展进步。中国人民公安大学教授朱旭东认为，“漳州110”开启了中国警务模式从静态控制型警务向动态反应型警务的转变。在“漳州110”的改革创新中，效率警务、服务警务、责任警务、法治警务、廉洁警务、专业警务、透明警务、文化警务等现代中国警务要素的因子全部存在。这种从微观入手进行的改革和创新，可以成为未来有效制度的生长点，可以促进中国警务的整体发展。

为什么“漳州110”连续三十一年无违法违纪？

以政治建警为引领，扬党建旗帜，铸忠诚铁军。“漳州110”始终把党的绝对领导、全面领导贯穿始终，不断强化忠诚核心、拥护核心、跟随核心、捍卫核心的思想自觉、政治自觉和行动自觉。始终坚持把政治建设放在首位，不断深化思想政治工作内涵，优化队伍教育管理机制，创新“互联网+”党建工作模式，把常态化思想政治工作融入民警工作、生活中，把随机性思想教育做到上岗前、岗亭里、警车上、训练时，有效提升党建工作质效。始终坚持把思想建党摆在突出位置，大力加强教育培训，抓好铸魂补钙、强基固本，通过确立警队荣誉日，举办新警授标（“110”袖标）等仪式，讲好红色故事，抓好红色教育，传承红色基因，形成精神感召、荣誉激励，增强民警“护旗”意识，确保队伍绝对忠诚、绝对纯洁、绝对可靠。“漳州110”每一位民警都像珍惜自己的眼睛一样珍惜“漳州110”的荣誉，他们始终坚持政治建警、熔铸忠诚警魂、牢记使命担当、强化身份认同。好班子带出好队伍，急难险重，党员干部抢先；遵规守纪，领导干部率先；立功受奖，群众民警优先，整个队伍风清气正，以上率下、上下同心，蔚然成风。

为什么“漳州110”的社会效应不断显现？

以“漳州110”辐射全局，布局新型警务战略。一个榜样就是一面旗帜、一座标杆、一种力量。进入新时代以来，“漳州110”“民生110”“民间110”“社区（乡村）110”“反诈110”以及“交通110”等融会贯通、无缝对接，涵盖了警务和民生两大内容，联通了警务和政务两条路径，为促进政府职能部门转型升级、提高办事效率和服务水平做出了积极贡献，辐射效应全面显现，共治机制高效运行，群众获得感显著增强。漳州市有机结合新时代“枫桥经验”和新时代“漳州110”精神，按照“党委领导、政府负责、民主协商、社会协调、公众参与、法治保障、科技支撑”原则，整合城乡各类资源，创新推动以综治网格为中心为依托，社区网格员、警员“二员”为主干，治安巡防队、法律援助队、志愿服务队等若干支专门队伍为支撑的城乡社区网格治理“2+N”模式暨“社区（乡村）110”，建立健全“一中心指挥、一平台流转、一张网布格、一体化考核、一揽子保障”“五个一”机制，打通基层社会治理“最后一米”，打造共建、共治、共享社会治理新格局。

成绩属于过去，新的征程就在脚下。在一次报告会上，现任“漳州110”大队长黄海强深情地回忆起当年前辈们的事迹，就是1990年间的两件小事，深夜送孕妇到医院、夜半送女工回家，他说：“‘漳州110’因何出发，我想就是一件又一件的小事，让我们从0出发，这个0既是个数字符号，又像是时代坐标，更像是满月的一颗红鸡蛋。就这样，‘漳州110’出发了，而且是‘一发不可收’，一直奔走在维护治安、服务人民的大道上。”人民警察为人民，可是这个动力来自哪里呢？也正是来自人民，黄海强说：“2020年的疫情初期，几乎每天都有群众自发给我们送防疫物资，有的专程跑到基地送，有的往我们岗亭里放下口罩就默默离开，甚至有的群众怕我们不肯收，瞅准机会就往车窗里面一包一包扔口罩，这些口罩一件件都饱含着漳州百姓对我们‘110’的深情。大家都知道，疫情暴发的初期，防疫物资比较匮乏，再加上全社会对未知病毒的莫名恐惧，说得严重些，那时候有口罩就有安全感，没有口罩就可能会置身危险。群众把仅有的口罩给了‘110’，就好比把安全给了‘110’，把危险留给了自己，这是多么可贵的信任与支持，当队员们戴上口罩的那一刻，我们真切地感受到，什么是‘与群众同呼吸、共命运’。就是这种温暖，激励着我们‘漳州110’从0

出发，向前，向前，再向前。”

“‘漳州110’的历史就是一部以人民为中心的奋斗史、发展史。三十一年来，‘漳州110’始终初心不改、本色不变，把‘人民的保护神’镌刻在自己的旗帜上，恪尽职守，赤诚为民，忠实践行人民公安为人民的庄严承诺。三十一年来，‘漳州110’始终坚持党性至上，突出政治建设生命线，传承好警队红色基因，将对党忠诚、公安姓党内化于心、外化于行。进入新时代，‘漳州110’将坚持以人民为中心，更加注重群众的需求和体验，始终牢记习近平总书记‘人民的保护神’的重要嘱托，认真践行习近平总书记重要训词精神，始终把坚持人民至上、追求人民满意作为根本价值追求，不断满足人民群众新需求、新期待。”漳州市副市长、公安局局长林晓东这一番话里，既有总结也有期望。“人民”是不变的价值指向，“为人民”是不变的价值追求，“人民性”是永恒的价值底色。它昭示着：只要把人民放在心上，把使命扛在肩上，与人民心心相印、与人民同甘共苦、与人民团结奋斗，公安事业必定无往而不胜。当前最重要的工作是深入学习贯彻落实习近平总书记在庆祝中国共产党成立100周年大会上的重要讲话精神、习近平总书记来闽考察重要讲话精神，结合党史学习教育，结合政法队伍教育整顿，践行省委“再学习、再调研、再落实”活动部署，推动在更大范围、更深层次学习弘扬新时代“漳州110”精神，不断汲取榜样力量、坚守人民立场，为更好推动富美新漳州各项建设提供强大思想动力。

如果把“110”的两个“1”比作一双奔跑的脚，那么它如何跑得又快又“0”（灵）呢？早期的“漳州110”几乎做到了极致，他们从三楼值班室出警滑竿，不走楼梯，测算一下可以节省五十秒；值班睡觉“三不脱”，不脱衣、不脱裤、不脱袜，和衣而卧，测算一下可以节省三十五秒；在值班室等报警太远，那就设岗亭，屯警在街面。一个刚入警的新民警跟中队长一起接警处理结束，那正是大夏天的正午，他渴得不行，路过岗亭时，喝了一杯水，还想再喝一杯，中队长告诉他说：“解渴就好，别喝多了，万一待会儿上厕所时接到警情，可是要耽误几十秒，我们的一秒，可能就是人民群众生与死的时间差啊。”快，快，快，哪怕只是更快一秒！社会的发展越来越快，现实的斗争越来越复杂，群众对名声在外的“漳州110”要求也越来越高，为了更快更灵，一代又一代“110”人，想了很多很多办法。在那个没有导航定位的年代，如何准确找到小区的楼栋，不走弯路，他们的办法是，一栋一栋地画下来。在那个没有人脸识别的年代，如何更快护送迷路的老人回家，他们的办法是，把老人一个一个的特征记起来。在早期的十年间，“漳州110”通过一起又一起的报警，记录了1629名迷路老人的信息，小到一颗痣、一只银手镯、一根木质的拐杖……如果没有一颗为人民服务的赤子初心，他们怎么愿意这么辛苦这么笨拙地追求细节？如果没有一腔为警旗增辉添彩的澎湃激情，他们怎么可以持之以恒地坚持这么多年？毛泽东主席曾经说过：“一个人做一件好事不难，难的是一辈子做好事。”对“漳州110”来说，做三五件好事不难，难的是三十一年如一日地做好事，特别难的是全队上下、44批次527人都有着一样的态度，都以一样的干劲坚持不懈地做好事。

这种难到几乎不可能的事情，一群人用三十一年的时间，踏踏实实地做到了，并且还将继续做下去。一般人做不到的事情，他们做到了，而且越做越好，因为他们的血脉里融入了铁一般的信仰、铁一般的信念、铁一般的纪律、铁一般的担当。寒来暑往，春华秋实。“物转星移几度秋”，变的是更快更灵的勤务模式，不变的是永远的赤子初心。

三十一年，在历史长河里只是一朵小小的浪花，对“漳州110”来说，三十一年一路走来，筚路蓝缕，与时俱进，始终又快又灵，以初心、以忠诚，开启了历史新篇章——他们创造历史，同时也被历史所书写。

“您好，‘漳州110’——”

当你在漳州拨通110电话，传来的是一声亲人般问候的话语，那是向你致意，表白一种随时随地的服务；当我行文至此，我想以一个作家的名义说一声：您好，“漳州110”！

您好，“漳州110”！
你诞生于漳州这方热土，
沐浴九龙江春风成长，
你从芝山红楼出发，
你从谷文昌纪念馆出发，
你从女排训练基地出发，
你从人民的需要出发，
不忘初心，牢记使命，
明理增信，崇德力行。
您好，“漳州110”！

你的警徽闪耀着正义的光芒，

照亮这座城市每个时刻，

你的袖标是红旗的一角，

飘扬在所有人的心头，

赤子之心，满腔忠诚，

奋勇当先，永在路上。

您好，“漳州110”！

你把党纪挺在前面，

铸牢警魂，砥砺前行，

你把人民刻在心中，

久久为功，不负韶华。

您好，“漳州110”！

领袖嘱托，人民期望，

薪火相传，继往开来，

你永远是人民的保护神！

2021年1月20日至4月5日初稿

2021年4月20日至5月7日二稿

2021年8月三稿于漳州

图书在版编目 (CIP) 数据

赤子初心 / 何葆国著. -- 北京 : 北京十月文艺出版社，2022. 4

ISBN 978-7-5302-2203-4

Ⅰ. ①赤… Ⅱ. ①何… Ⅲ. ①报告文学—中国—当代 Ⅳ. ① I25

中国版本图书馆 CIP 数据核字 (2021) 第 236318 号

赤子初心
CHIZI CHUXIN
何葆国　著

出　　版　北京出版集团
　　　　　北京十月文艺出版社
地　　址　北京北三环中路 6 号
邮　　编　100120
网　　址　www.bph.com.cn
发　　行　新经典发行有限公司
　　　　　电话（010）68423599
经　　销　新华书店
印　　刷　北京盛通印刷股份有限公司
版　　次　2022 年 4 月第 1 版
　　　　　2022 年 4 月第 1 次印刷
开　　本　880 毫米 ×1230 毫米　1/32
印　　张　9.5
字　　数　150 千字
书　　号　ISBN 978-7-5302-2203-4
定　　价　55.00 元
质量监督电话　010-58572393
如有印装质量问题，由本社负责调换。